ACTION ZONE

A. F. Morland

DER FEIND IM DUNKELN

UEBERREUTER

ACTION ZONE

Das säurefreie und alterungsbeständige Papier EOS liefert Salzer, St. Pölten
(hergestellt aus chlorfrei gebleichtem Zellstoff aus nachhaltiger Forstwirtschaft).

ISBN 978-3-8000-5544-9

Umschlaggestaltung von init, Büro für Gestaltung, Bielefeld,
unter Verwendung eines Fotos von Plain Picture, Hamburg
Lektorat: Peter Thannisch

Druck: Friedrich Pustet, Regensburg
7 6 5 4 3 2 1

Ueberreuter im Internet: www.ueberreuter.at

DIE JUDOSCHULE

Der Angriff kam für Chris Hatcher total unerwartet. Deshalb machte er den größten Fehler, den man in dieser Situation machen kann: Er verkrampfte sich und hielt den Atem an.

In der nächsten Sekunde hatte er keinen Boden mehr unter den Füßen und flog wie vom Katapult geschleudert durch die Luft. Er rechnete mit einer voll krassen Katastrophe. Aber dass es *so* schlimm kommen würde, hätte er nicht gedacht.

Krach!

Die Landung war absolut hart. In Chris' Brust explodierte ein nie erlebter heißer, stechender Schmerz. Ihm war, als hätte ihm der Aufprall die Lungen zerrissen.

Er hörte die Engel singen. Ziemlich laut und schrill und überhaupt nicht melodiös. Und ihm schwanden für einen winzigen Moment die Sinne.

Als er wieder einigermaßen klar im Kopf war, stand Peter Carson über ihm und grinste mit stolzgeschwellter Brust zu ihm herunter.

»Voll fett, Mann. Der Wurf war echt der Hammer.«

»Hör mal, bist du blöd geblieben oder was?«, krächzte Chris.

»Wieso denn?«, fragte Peter, als wäre er sich keiner Schuld bewusst.

Chris stand auf. »Du hast mich voll neben die Matte geknallt.«

»Meine Güte, hab dich nicht so. Das kann doch mal passieren.«

Zorn funkelte in Chris' Augen. »Du hast das mit Absicht getan.«

»Blödsinn.«

Chris war kurz vorm Überkochen. »Vollidiot!«

»Weichei«, gab Peter lässig zurück. »Wenn dieser Sport zu hart für dich ist, verleg dich doch aufs Briefmarkensammeln.«

Chris ballte die rechte Hand zur Faust. »Ich geb dir gleich 'ne Packung, Freund.«

Peter reckte herausfordernd das Kinn vor. »Versuch das mal.«

Chris holte aus. Er war auf hundertachtzig und er hätte wahrscheinlich zugeschlagen, wenn der Trainer nicht energisch dazwischengegangen wäre.

»Hey!«, rief Harry Wish durch die große Sporthalle, in der etwa fünfzehn Judokas eifrig trainierten. Schweißgeruch lag in der Luft. Ziemlich dick. Sehr intensiv. Man konnte ihn fast sehen. »Hey, ihr zwei Dumpfbacken! Immer schön cool bleiben, okay?«

Wish kam mit strenger Miene näher. Er war nicht besonders groß, drahtig und hatte bereits seinen fünfundsechzigsten Geburtstag hinter sich, konnte aber noch immer jeden ohne Mühe auf die Matte legen. Alle hatten großen Respekt vor ihm.

»Was ist los?«, wollte er von Chris und Peter wissen. »Was habt ihr für ein Problem?«

»Er hat mich neben die Matte geworfen«, beschwerte sich Chris.

»Und?«

»Es hat verdammt weh getan.«

»So etwas kann vorkommen.«

Peter nickte. »Sag ich doch.«

»Er hat es absichtlich getan«, behauptete Chris.

»Das kannst du nicht beweisen«, zischte Peter.

»Ich *weiß* es.«

Peter winkte ab. »Ach, du hast ja nicht mehr allen Streusel am Kuchen.«

»Schluss damit!«, sagte Harry Wish scharf.

Es war allgemein bekannt, dass er einige Jahre in Japan gelebt und im Land der aufgehenden Sonne mit den größten Judokas trainiert und auch höchst erfolgreich gegen sie gekämpft hatte. Deshalb nannten ihn die Klubmitglieder hin und wieder auch achtungsvoll »Mr. Nippon«.

»Ihr hört sofort auf, euch zu zanken, sonst seid ihr beim nächsten Training bloß Zuschauer. Ist das klar? Hier wird *trainiert* und nicht gestritten. Comprende?«

Chris und Peter schwiegen trotzig.

»Comprende?«

»Ja«, grummelten die beiden Sechzehnjährigen.

»Okay. Und jetzt zu dir.« Harry Wish wandte sich an Peter. Ein dünner Faltenkranz lag um seine listigen Augen. Er trug wie Chris und Peter einen Judogi, einen weißen Sportanzug, dessen Jacke aus besonders starkem Baumwollstoff bestand. Sein Gürtel war schwarz, während Chris und Peter erst den gelben hatten.

»Ehrgeiz schön und gut«, sagte er in belehrendem Ton. »Dagegen habe ich nichts, im Gegenteil. Ohne Ehrgeiz erreicht man weder im Sport noch im Leben etwas. Aber du musst unterscheiden, ob du trainierst oder einen Wettkampf bestreitest. Wer beim Training bereits alles gibt, hat beim Wettkampf nichts mehr draufzusetzen. Ich denke, das hätte ich euch allen schon mal klargemacht.«

Peter presste verlegen die Lippen zusammen und senkte den Blick.

Doch »Mr. Nippon« war mit seiner Gardinenpredigt noch nicht fertig. Er sah nun Chris an. »Was lernen wir schon ganz am Anfang?«

Chris antwortete nicht.

»Na?«

Chris hob die Schultern.

»Richtiges Fallen«, sagte Harry Wish.

Chris nickte.

»Was muss man beim Fallen *immer* beachten?«, wollte der Trainer wissen.

»Dass man den Schwung mit dem Arm abfängt.«

»Und? Was noch?«

»Man muss ausatmen.«

»Damit?«

»Damit keine Luft in den Lungen ist, wenn man aufschlägt.«

»Hast du ausgeatmet?«, fragte »Mr. Nippon«.

»Nein«, antwortete Chris kleinlaut. Er strich sich das blonde Haar aus der Stirn.

»Was war die Folge?«

»Ein Irrsinnsschmerz in der Brust.«

Der Trainer stach mit dem Zeigefinger gegen Chris' Rippen. »Den hättest du dir erspart, wenn du daran gedacht hättest. Ich hoffe, das wird dir eine Lehre sein.« Er musterte Chris und Peter. »Ist jetzt wieder alles cool zwischen euch?«

Die beiden nickten.

Wish nickte ebenfalls. »Dann ab mit euch unter die Dusche. In zehn Minuten ist für heute sowieso Schluss. Schreibt euch hinter die Ohren, was ich gesagt habe. Ich möchte beim nächsten Training nicht noch einmal erleben, dass ihr wie wild gewordene Kampfhähne aufeinander losgeht.«

Chris und Peter verließen mit hängenden Köpfen die Sporthalle. Sie redeten beim Duschen nicht miteinander, waren – und das nicht erst seit heute – weit davon entfernt, gute Freunde zu sein. Das lag in erster Linie daran, dass sie, abgesehen vom Sport, nur wenige gemeinsame Interessen hatten.

Chris war eher der romantische Typ. Er träumte gern, liebte Schmusesongs und ließ sein Leben in harmonischen Bahnen verlaufen, während Peter bisweilen ziemlich stur war, die Gabe hatte, überall anzuecken, und bei jeder Gelegenheit gegen den Strom schwamm.

»Nur tote Fische schwimmen mit *dem Strom«*, pflegte er zu sagen.

Während sie sich anzogen, kamen die anderen Judokas lärmend und lachend in den Umkleideraum.

»Na«, sagte der bärenstarke Bo Houseman stichelnd, »hat Mr. Nippon euch beiden Halbaffen ordentlich den Kopf gewaschen?«

»Ich wüsste nicht, was dich das angeht«, schnappte Peter furchtlos.

Bo Houseman hob die buschigen Augenbrauen und drohte ihm mit dem Finger. »Sei bloß nicht vorlaut, Kleiner, sonst duschst du sofort noch mal. Und zwar gleich so, wie du bist. In voller Montur.«

»Kannst du uns nicht einfach in Ruhe lassen, Bo?«, fragte Chris ärgerlich.

»Aber sicher kann ich das«, sagte Houseman breit grinsend. »Wenn ihr mich schön darum bittet.«

Peter funkelte ihn zornig an. »Du kriegst von mir gleich eins auf die Zwölf.«

Bo nickte. »Das möchte ich sehen.«

Prügel-Alarm hing in der Luft. Vielleicht wäre daraus eine echt fette Rauferei geworden, bei der Peter mit Sicherheit ziemlich knackig den Kürzeren gezogen hätte. Doch das war für ihn kein Grund, zurückzustecken. Das tat er niemals. So war er nun mal.

Er fürchtete sich vor keinem Gegner. Selbst wenn der noch so groß und stark war.

Zum Glück drängten mehrere Judokas Bo Houseman in Richtung Duschraum ab, sodass Peter und Chris unbehelligt abziehen konnten.

DER SCHULAUSFLUG

Peter schwang seine Sporttasche über die Schulter. »Ich kann Bo nicht ausstehen. Dieser voll krasse Angeber ist immerzu auf Stunk aus.«

»Er hätte dich echt krass vermöbelt«, sagte Chris, während sie auf die Straße traten.

Peter lachte. »Aber irgendwie hätte ich es geschafft, ihm ein blamables Veilchen zu verpassen.«

Chris schüttelte verständnislos den Kopf. »Alter, du tickst manchmal nicht ganz richtig.«

Peter zuckte mit den Schultern und fuhr sich mit gespreizten Fingern durch das dichte dunkle Haar. »Wer tickt schon *richtig*? Du etwa? Wem steht es zu, zu sagen, was richtig ist und was nicht, hä?«

»Mein Bus kommt.«

»Dann schwing die Keulen, damit du ihn kriegst.« Peter tippte sich grüßend an die Stirn. »Man sieht sich. Morgen. In der Schule.«

Chris rannte los. Er flitzte leichtfüßig über den Zebrastreifen und erreichte die Haltestelle, bevor der Bus eintraf.

Zischend öffneten sich die Türen. Zwei Männer und eine Frau

stiegen mit müden und abgespannten Gesichtern aus. Chris trat zur Seite.

Dennoch rempelte ihn einer der beiden Männer hart an, ohne sich zu entschuldigen.

Peter hätte sich das nicht gefallen lassen. Der hätte sogleich zornig aufbegehrt.

Chris hingegen ging großzügig darüber hinweg, stieg ein und setzte sich.

Als der Bus wenig später an Peter vorbeifuhr, fand es dieser nicht mal der Mühe wert, den Kopf zu heben und zu ihm herüberzusehen.

Meine Güte, dachte Chris kopfschüttelnd, der Typ war permanent auf dem Egotrip. Nichts war ihm wichtiger als er sich selbst.

Er und Chris würden niemals Freunde werden. Genau genommen hielt Chris das sogar für ausgeschlossen.

Und vermutlich war das auch besser so.

Bei der nächsten Haltestelle stieg Connie Baker ein. Sie war wie immer auffallend geschminkt und von Kopf bis Fuß voll durchgestylt.

Sie trug die angesagtesten Klamotten und dazu coole Armreifen, die leise rasselten.

Als sie Chris erblickte, hellte sich ihre Miene sofort auf.

Sie flirtete gern. Und am liebsten mit ihm. Das wusste er schon seit Längerem.

Sie tänzelte auf hohen trendy Wedges – steilen Keilabsätzen aus Kork – auf ihn zu.

»Hi, Chris.«

»Hi.«

»Darf ich mich zu dir setzen?«

Chris schmunzelte. »Wenn du einen gültigen Fahrausweis hast, ja.«

Als Chris sie das letzte Mal gesehen hatte, hatte ihr ein Pickel am Kinn arg zu schaffen gemacht. Doch der war jetzt weg und sie strahlte wieder in vollkommener Schönheit. Offenbar hatte sie eine Wunderwaffe gegen extrem lästige und krass entstellende Pickel entdeckt.

Warum sie Chris trotzdem nicht unter die Haut ging, wusste er echt nicht. Er fand sie ganz nett und unterhielt sich auch gern mit ihr, doch das war auch schon alles. Jedenfalls von seiner Seite her.

Der Bus fuhr mit einem Ruck an und Connie plumpste auf den Sitz neben Chris.

Sie kicherte. »Hoppla!«

»Der Fahrer scheint von der Formel 1 zu kommen.«

»Und wo kommst du her?«, fragte Connie. Sie hatte hippe Locken und gepiercte Ohrläppchen.

»Vom Training.«

»Judo, nicht wahr?«

»Richtig.«

Sie sah ihn voll an und ihre Augen waren so grün wie Smaragde. »Wie lautet noch mal euer Wahlspruch? Nachgeben, um zu siegen – oder so.«

Er lächelte. »Du bist gut informiert.«

»Warum machst du nicht Karate?«, fragte sie kokett. »Ich fände das cooler.«

»Mir gefällt Judo besser.«

»Joe macht Karate«, sagte Connie. »Joe Hunter.«

»Aha.« Chris kannte Joe Hunter. Aber nur vom Sehen. Er hatte noch nie ein Wort mit ihm gewechselt.

»Nächste Woche gibt Hannah eine voll coole Party. Joe wäre total happy, wenn er mich dorthin begleiten dürfte. Aber ich würde lieber mit jemand anders bei Hannah aufkreuzen. Zum Beispiel mit dir. Das wäre voll der Hammer. Hättest du Zeit und Lust?«

»Lust schon«, antwortete Chris. »Aber keine Zeit. Ich bin nächste und übernächste Woche nicht hier.«

»Sondern wo?«

»In einer Jugendherberge am Lake Norema.«

»Du Ärmster«, sagte sie bedauernd.

»Wieso?«

»Na ja, ist schließlich nicht so ganz der Heuler, zwei Wochen in einer schäbigen Jugendherberge eingesperrt zu sein. Nicht gerade bei Wasser und Brot, aber der Fraß ist sicherlich zum Wegschieben. Du weißt, was ich meine.«

Chris lachte. »Was hast du denn für Vorstellungen? Die Jugendherberge ist überhaupt nicht schäbig. Sie wurde vorigen

Sommer megamäßig aufgepeppt. Und wir werden viel unternehmen. Das Programm, das für uns zusammengestellt wurde, ist echt fett. Ich freu mich drauf.«

Es war wahr. Chris freute sich wirklich total darauf.

Wenn er allerdings geahnt hätte, welch ultrakrasser Terror ihn am Lake Norema erwartete, wäre seine Freude garantiert weit weniger groß gewesen.

EIN VERBRECHERISCHES PAAR

»Wie heißt die Pfütze da?« Ralph Thornton beugte sich über die Landkarte, die auf dem Tisch ausgebreitet war, und kniff die Augen zusammen.

»Kannst du nicht lesen?«, fragte Toby Prado.

»Doch. Aber die Schrift ist so klein ...«

Prado grinste in voller Breite. Im IMAX-Format. »Ich würde sagen, du brauchst 'ne Brille.«

»Quatsch mit Soße. Ich sehe wie ein Falke.«

Prado nickte. »Wie ein Falke, dem man die Lederkappe noch nicht abgenommen hat. Die Pfütze heißt Lake Norema.« Er stach mit dem Zeigefinger auf einen kleinen Punkt neben dem See. »Und das ist Cedar Hill, der Ort, in dem wir unser cooles Meisterstück abliefern werden.«

»Wie Bonnie und Clyde«, sagte Thornton. Er sah nicht übel aus, war ein echter Schnuckel, aber geistig ein bisschen unterbelichtet, deshalb überließ er das Denken so gut wie immer seinem wesentlich intelligenteren Kumpel.

»Wie kommst du denn auf die?«, fragte Prado.

Thornton zuckte mit den Achseln. »Das waren doch voll coole Gangster, die beiden. So wie wir.«

Prado nickte. »Okay. Wenn du das Ding in Weiberklamotten abziehen willst, kannst du das gern machen.«

Thornton tippte sich an die Stirn. »Bist du nicht ganz dicht, Mann?«, fragte er entrüstet. »Ich trag doch keine Frauenkleider.«

»Aber Bonnie war 'ne Frau. Bonnie Elizabeth Parker.«

»Das wusste ich nicht. Ich dachte, Bonnie und Clyde wären zwei Kerle gewesen.«

»So kann man sich irren.«

Sie befanden sich in Toby Prados kleiner Wohnung, die, wie immer, völlig unaufgeräumt war. Ordnung halten war nicht so ganz Prados Ding.

Er hatte mal irgendwo gelesen, dass kreative Menschen immer schlampig wären, und da er sich für einen solchen hielt, lebte er recht intensiv danach.

Bei seinem Freund Ralph daheim war alles immer schön sauber. Klinisch rein, konnte man fast sagen. Und was war Ralph? Ein ideenloser Blödie, ein geistiger Tiefflieger. Der hätte es nie zu was gebracht, wäre ihm nicht zufällig Toby Prado über den Weg gelaufen.

Aber Ralph war dennoch nicht ganz ohne Vorzüge. Was Toby Prado besonders an seinem einfältigen Komplizen schätzte, war, dass er immer tat, was Toby wollte.

Ralph sagte zu allem, was von Toby kam, stets Ja und Amen. Weil er wusste, dass er niemals einen besseren Einfall haben würde.

Ralph Thornton machte eine wegwerfende Handbewegung. »Wie auch immer das mit Bonnie und Clyde war, wir bereiten uns jedenfalls auf einen supercoolen Bankraub vor, der in die Annadings … äh, in die Annalen der Geschichte eingehen wird.« Ralph sagte das mit viel Stolz. Dann summte er den neuesten Hit von Lady GaGa, schnippte mit den Fingern und ergänzte: »Wir sind die angesagtesten Abräumer des Jahres, Mann.«

»Wir brauchen einen Wagen.«

»Kein Problem«, sagte Ralph. »Wir können meinen nehmen. Ich hab ihn letzten Monat voll getunt. Der geht jetzt ab wie eine Rakete, sag ich dir.«

Toby klatschte ihm seine flache Hand auf die Stirn. »Mann, was bist du behämmert. Niemand zieht einen Bankraub mit dem *eigenen* Auto durch. Du musst einen klauen.«

Ralph nickte. »Auch kein Problem.«

»Wie lange brauchst du, um einen zu beschaffen?«

»Das erledige ich in null Komma Josef«, behauptete Ralph zuversichtlich. »Du sagst mir, was du haben möchtest, und in spätestens zwei Stunden steht die Karre bereit. Vorausgesetzt es handelt sich um keinen Army-Panzer oder etwas in dieser Größenordnung.«

»Schnell, stark, relativ neu und zuverlässig muss er sein.«

»Alles klar.« Ralph war stolz darauf, dass er seinem Freund und Komplizen bis hierher verhältnismäßig mühelos folgen konnte. »Werden wir bewaffnet sein?«

»Auf jeden Fall. Sonst rücken die Typen in der Bank ja nicht mit der Kohle raus. Sie spuren nur, wenn sie die Hosen gestrichen voll haben.«

Ralph lachte herzlich. Was ihm eben eingefallen war, war seiner Ansicht nach ein echt fetter Schenkelklopfer. »Ihre Gebisse werden klappern wie Kastanien.«

»Kastagnetten«, berichtigte Ralph und verdrehte die Augen.

»Ja.« Ralph zeigte auf wie in der Schule. »Ist eine Zwischenfrage erlaubt?«

»Was willst du wissen?«

»Woher kriegen wir die Kanonen?«

»Die haben wir bereits.« Toby holte die knallgelbe Einkaufstüte einer bekannten Supermarktkette, die in der Werbung beharrlich von sich behauptete, stets besser und billiger als die Konkurrenz zu sein, und entnahm ihr zwei Revolver.

Ralphs Augen wurden ganz groß. »Sind die echt?«

»Natürlich sind die echt. Denkst du, wir überfallen die Bank mit Spritzpistolen?«

Ralph griff fast ehrfürchtig nach einer der beiden Waffen.

Er zielte auf den Fernsehapparat, auf eine Whiskyflasche, auf einen Zinnkrug, auf ein gerahmtes Foto und rief dabei: »Peng. Peng. Peng.«

»Wir ballern damit nur in die Luft«, sagte Toby eindringlich. »Nicht auf Menschen, klar?«

»Klar, Mann. Klar. Wir sind schließlich keine Killer, nicht wahr? Wir heben mit diesem eisernen Scheck bloß ein bisschen Geld ab.«

Toby warf ihm etwas Schwarzes zu. Es hatte Ähnlichkeit mit einer Socke.

Ralph fing es auf. »Was ist das?«

»Eine Maske.«

»Cool.«

»Zieh sie dir mal über den Kopf.«

»Mach ich glatt.« Ralph tat es. Es gab nur Löcher für die Augen. Er richtete sie so, dass er perfekt hindurchsehen konnte. »Wie sehe ich aus?«

»Furchterregend.«

»So soll es sein.« Ralph Thornton nahm die Maske vorerst nicht mehr ab. Er ging zum Spiegel, betrachtete sich und sagte beeindruckt: »Voll krass, Mann. Ich fürchte mich gleich vor mir selber.«

Toby winkte ihn zum Tisch zurück. »Wir fahren bei der Bank vor, lassen den Motor unseres Wagens laufen, stürmen in die Bank, jagen allen eine Mörderangst ein, lassen die Sporttasche, die wir bei uns haben, vom Kassierer mit Geld füllen und machen gleich wieder die Fliege.«

Ralph spielte den seiner Meinung nach grenzgenialen Coup gleich mal aufgekratzt durch. »Flossen hoch!«, rief er hinter der Maske und fuchtelte mit dem ungeladenen Revolver in der Luft herum. »Das ist ein Überfall! Alle auf den Boden! Hinlegen, aber flott! Los, los, los! Keiner bewegt sich, sonst knallt's!« Er kicherte. »Mann, wird das ein Spaß.«

»Sobald wir wieder im Wagen sitzen, fährst du in diese Richtung.« Toby zeigte auf die Landkarte.

»Peng. Peng. Peng.«

»Ja, ja, schon gut. Komm her und sieh dir das auf der Karte an. Zieh's dir ordentlich rein, damit du es auch lange genug behältst.«

Ralph trat an den Tisch. »Peng.«

Toby sah ihn mit verdrossener Miene an. »Langsam gehst du mir auf den Wecker, Alter.«

Ralph zielte auf ihn. »Peng.«

»Hör endlich auf damit!«, sagte Toby scharf.

»Entschuldige, Toby.«

Toby zeigte abermals auf die Landkarte. »Du fährst auf dieser Straße nach Norden.« Sein Zeigefinger wanderte nach oben. »Exakt zwölf Kilometer«, sagte er. »Dann ... Hier ...« Er zeigte auf eine Kreuzung. »Scharf nach links ...«

Ralph Thornton – noch immer maskiert – nickte. »Nach Osten.«

»Links ist Westen, du Dämlack.«

»Ich dachte ...«

»Besser, wenn du das Denken weiterhin mir überlässt, dann wird unser Coup auch easy über die Bühne gehen«, sagte Toby streng. »Hast du alles gecheckt?«

»Logo. Ich bin doch nicht blöd.«

»Bist du sicher?«

Ralph zeigte mit dem Revolver auf Toby Prados Gesicht. »Das war jetzt ein Scherz, oder?«

»Klar. Was dachtest du denn?«

Ralph legte die Waffe auf den Tisch. »Darf ich noch eine letzte Frage stellen?«

»Schieß los.«

»Mit wie viel Moos kann ich rechnen?«, erkundigte sich Ralph Thornton. »Ich habe letztens einen riesigen Plasma-Fernseher gesehen. Mit Dolby Surround, Full HD und den fettesten Mätzchen, die man sich nur vorstellen kann. Den würde ich mir gern holen.« Er kratzte sich am Hinterkopf. Es war heiß unter der schwarzen Maske. Er schwitzte. »Wie hoch wird mein Anteil an der Beute sein?«

»Du bekommst die Hälfte.«

»Die Hälfte von wie viel?«, hakte Ralph nach.

»Das sage ich dir, sobald unser Ding in trockenen Tüchern ist.«

»Äh, wie war das?«

»Ich sag's dir *nach* dem Coup.«

»Ach so. Ja. Geht klar, Toby. Okay. Passt.«

»Und jetzt nimm endlich die dämliche Maske ab«, sagte Toby Prado. »Noch sind wir nicht so weit.«

DIE RÄTSELHAFTE FREMDE

Die Jugendherberge hatte Ähnlichkeit mit einem verwunschenen Schloss. Das alte, düstere Gebäude mit seinen spitzen Zinnen, finsteren Türmen und kantigen Erkern sah tatsächlich voll gruselig aus.

Es hatte bis vor Kurzem geregnet und unheimliche Dampfgestalten schwebten träge über die Wiese und zum stillen See hinunter. Die Oberfläche des Lake Norema wirkte wie poliertes schwarzes Glas.

Die Schüler stiegen aus dem Bus. Ernie Kemp, der Pustelkönig, wie ihn seine Mitschüler oft nannten, wenn sie ihn ärgern wollten, ließ seinen Blick misstrauisch über die graue Fassade des antiken Bauwerks wandern.

»Mich würde es nicht wundern, wenn es da drinnen ganz mordsmäßig spukt«, flüsterte er und ein kalter Schauer rieselte ihm dabei über den Rücken.

»Sowie ich das erste Gespenst sehe, rücke ich aus«, murmelte Mark Pollet neben ihm. Sein Haar war so extrem kurz geschnitten, dass er sich nie zu frisieren brauchte. Ein Zeitvorteil, der vor allem am frühen Morgen unschätzbar war.

»Und wohin haust du ab?«, wollte Ernie wissen.

»Nach Hause natürlich.«

»Zu Fuß?«

»Per Autostopp.«

Chris und Peter schleppten ihr Gepäck in die Gruselburg. Und drinnen erlebten sie eine angenehme Überraschung. Helle Wände. Freundliche Farben. Dicke Teppiche. Gediegene Sitzgruppen. Man hätte meinen können, sich in einem First-Class-Hotel zu befinden.

Chris blickte sich zufrieden um. Er fühlte sich auf Anhieb wohl.

Stuart Elders, der Heimleiter, war ein sympathischer, sportlich gekleideter Mann von etwa fünfunddreißig Jahren. Er hieß Lehrer und Schüler herzlich willkommen und wünschte allen einen angenehmen, interessanten und erholsamen Aufenthalt. Dennoch empfahl er ihnen – auch den Lehrern –, die Hausordnung, die in jedem Zimmer an der Innenseite der Tür hing, aufmerksam zu lesen und sich bitte auch daran zu halten.

Danach folgte die Zimmervergabe. Es gab Stockbetten. Zwei in jedem Raum. Und jeder wollte oben liegen. Was natürlich nicht möglich war.

Deshalb kam einmal mehr die Hackordnung zum Tragen. Die war von den Kids schon in der Unterstufe mit vollem Einsatz festgelegt worden und hatte sich in all den Jahren nur unwesentlich verschoben.

Das bedeutete für Zimmer 12, dass Chris Hatcher und Peter Carson die oberen Betten für sich beanspruchen durften, während sich Ernie Kemp und Mark Pollet mehr oder weniger freiwillig mit den unteren begnügten.

Während sie ihre Koffer auspackten, sagte Ernie mit finsterer Miene: »Die hecken was aus.«

»Wer?«, fragte Mark. »Wer heckt was aus?«

»Die Affen in Zimmer 11.«

»Owen, Alan, Brian und Kevin?«, fragte Chris.

Ernie nickte.

»Was haben sie vor?«, wollte Peter wissen.

»Sie planen einen Überfall.«

»Wann?«, fragte Mark wenig erfreut. In seinen Adern floss nicht gerade Heldenblut. Aber er konnte coole Aufsätze schreiben und wollte mal Schriftsteller werden.

»Heute Nacht«, antwortete Ernie. »Genauer gesagt, um Mitternacht.«

»Woher weißt du das?«, wollte Peter wissen.

»Ich hab sie tuscheln gehört.«

»Eine Kissenschlacht um Mitternacht«, brummte Peter. »Na schön.« Er ballte die rechte Hand zur Faust. »Wir werden sie gebührend empfangen und ihnen eine schmachvolle Niederlage verpassen.«

Mark räusperte sich. »Wäre es nicht besser, Mr Grey davon in Kenntnis zu setzen, damit es erst gar nicht dazu kommt?«

Dexter Grey war einer der beiden Lehrer, deren nicht ganz leichte Aufgabe es war, den wilden und übermütigen Schülerhaufen nach Möglichkeit zu bändigen. Er galt als Respektsperson. Mathematik und Sport waren seine Lehrfächer. Obwohl er streng war, war er bei den Schülern sehr beliebt.

Sehr im Gegensatz zu seinem Kollegen, dem pingeligen, immerzu nörgelnden Mr Wesley Dootcher, dem man so gut wie nichts recht machen konnte. Deshalb hatte er auch noch nie einen vernünftigen Draht zu seinen Schülern gefunden und sah in ihnen lediglich lästige Quälgeister, auf die man immerzu Druck ausüben musste, damit sie einem nicht auf der Nase rumtanzten.

Niemand konnte sich ernsthaft vorstellen, dass dieser knochentrockene Mann mit den total verzopften Ansichten mal jung gewesen war.

Peter sah Mark an und schüttelte den Kopf. »Damit brauchen wir Mr Grey doch nicht zu behelligen«, sagte er. »Das regeln wir unter uns.«

Chris sah aus dem Fenster. Ganz zufällig. Und er erblickte ein Girl. Mann, das war ein echt steiler Zahn. Der absolute Hingucker, mit langen blonden Haaren. Dabei war sie kein bisschen aufgestylt. Einfach Natur pur, und das machte sie irgendwie noch anziehender. Sie trug ein hellgraues Kapuzenshirt und Stretchjeans.

Chris wäre es nicht im Traum eingefallen, seine Zimmergenossen auf sie aufmerksam zu machen. Er war nicht an Machosprüchen und affigen Kommentaren interessiert – und die wären mit Sicherheit gekommen, wenn er Peter, Ernie und Mark ans Fenster geholt hätte, wobei noch einer den andern mit dämlichen Sagern zu übertrumpfen versucht hätte.

Sie ging in Richtung See. Ganz kurz hatte Chris das Gefühl, sie würde zu ihm hochblicken, aber er war nicht sicher, ob sie ihn tatsächlich bemerkt hatte. Sein Herz schlug trotzdem einige Takte schneller. Er presste die Lippen fest zusammen und hielt den Atem an.

Wer war sie? Wie hieß sie? Woher kam sie und wohin ging sie?

Er hätte sie irrsinnig gern kennengelernt, aber war das überhaupt möglich? Vielleicht sah er sie nur heute. Nur dieses eine Mal und dann nie wieder.

Soeben entschwand sie hinter den dicht belaubten grünen Kronen alter Bäume seinen Blicken.

Schade.

»Richtig?«, sagte Peter hinter ihm.

Ciao, rätselhafte Fremde, dachte Chris bedauernd.

»Stimmt's oder habe ich recht, Chris?«, fragte Peter.

Chris reagierte nicht.

»Hey, Chris. Was ist los mit dir? Träumst du mit offenen Augen? Oder gibt es dort unten etwas Interessantes zu sehen?« Peter trat neben ihn.

Chris war froh, dass das Mädchen, die geheimnisvolle Unbekannte, verschwunden war. »Es gibt nichts zu sehen«, murmelte er. »Gar nichts.«

»Wir machen Owen und Co. um Mitternacht fertig«, sagte Peter kämpferisch. »Richtig?«

Chris nickte geistesabwesend. »Richtig.«

Peter grinste. »Die werden danach nicht noch mal wagen, uns zu überfallen. Wir erteilen ihnen eine echt fette Lektion, die sie nicht so schnell vergessen werden.«

Chris war mit seinen Gedanken woanders. Bei der blonden Unbekannten. War es möglich, dass er sich in sie verknallt hatte? Ging das denn in so kurzer Zeit?

Er hatte so etwas noch nie erlebt. War das etwa Liebe auf den ersten Blick gewesen?

Er wusste es nicht. Aber es fühlte sich tief in seinem Inneren megamäßig cool an.

DIE SCHLACHT

Vor dem Abendessen gab es ein wenig Sport – lockeres Laufen durch den Wald. Einmal um den See.

Für Chris und Peter war das überhaupt nicht anstrengend. Nur die übergewichtigen Fastfood-Junkies kamen dabei heftig ins Schwitzen und schnauften kräftig.

Chris hoffte, auf dieser Runde das blonde Mädchen wiederzusehen, doch sein geheimer Wunsch blieb unerfüllt.

Um 18 Uhr gab es als Erstes eine heiße, ein bisschen zu gut gesalzene Hühnersuppe. Dann Salat mit Joghurtdressing. Danach einen klebrigen Berg Spaghetti carbonara. Und zum krönenden Abschluss Pfannkuchen mit Haselnusscreme.

Chris, Peter, Mark und Ernie ließen sich nicht anmerken, dass sie wussten, was Owen und seine Spießgesellen vorhatten. Sie gaben sich völlig arglos.

»Ist euch aufgefallen, wie fies sie gegrinst haben, wenn sie sich unbeobachtet fühlten?«, fragte Ernie auf dem Weg ins Zimmer 12.

»Lasst es erst mal Mitternacht werden, dann wird ihnen das bescheuerte Grinsen voll vergehen«, gab Peter zurück. »Wir hauen Ihnen unsere Kissen so lange um die Ohren, bis sie die Flucht ergreifen.«

»Warum tun die das eigentlich«, fragte Mark wenig begeistert. »Warum lassen sie uns nicht in Ruhe? Wir haben ihnen doch nichts getan?«

Peter zuckte mit den Schultern. »Wenn einer plemplem ist, dann ist er's im Kopf. So ist das nun mal.«

Die Zeit bis Mitternacht zog sich ziemlich dick dahin, wie zähflüssiger Sirup. Ernie, Mark, Peter und Chris lagen in ihren Betten und warteten auf die »Geisterstunde«.

»Ernie«, flüsterte Peter zu dem unter ihm liegenden Kameraden. »Pennst du schon?«

»Nein«, gab dieser zurück. »Ich bin noch wach.«

»Ich bin auch noch wach«, flüsterte Mark, der im Bett unter Chris lag.

»Bloß nicht einschlafen, Freunde«, warnte Peter. »Ihr müsst durchhalten. Sonst haben sie leichtes Spiel mit uns.«

»Wann ist denn Mitternacht?«, wollte Mark wissen. Er gähnte unterdrückt.

»In fünfzehn Minuten«, antwortete Peter.

Mark seufzte. »Vielleicht hätten wir doch Mr Grey davon erzählen sollen.«

»Wir erledigen das auf unsere Weise«, stellte Peter energisch klar. Dann wechselte er das Thema, damit nicht doch noch einer wegpennte. »Hey, was meint ihr? Wer ist der coolere Typ, auf wen fahren die Mädchen mehr ab? Auf Robert Pattinson oder auf Zac Efron?«

»Kann ich nicht sagen«, murmelte Ernie.

»Warum nicht?«

Ernie lachte leise. »Weil ich kein Mädchen bin. Ich mag beide nicht besonders.«

»Weil sie keine Pickel haben?«, fragte Peter.

»Das war jetzt aber echt bescheuert, Mann«, beschwerte sich Ernie, der Pustelkönig.

»Entschuldige«, bat Peter. »Ich wollte dich nicht kränken.«

»Man sollte immer zuerst denken und dann reden«, warf Chris mürrisch ein.

»Halt du dich raus, okay?«, schnappte Peter ärgerlich zu ihm hinüber. »Ich hab mich für meinen Ausrutscher entschuldigt. Hey, Ernie, es tut mir voll leid, dass ich das gesagt habe. Ist zwischen uns wieder alles gerade?«

»Ja«, antwortete Ernie nicht gerade sehr überzeugend. »Alles cool, Peter.«

»Na also«, sagte Peter zufrieden.

Punkt Mitternacht bereiteten sie sich auf den Angriff aus Zimmer 11 vor.

Doch es passierte nichts. Es verging eine Minute, noch eine und eine dritte. Und es herrschte absolute Stille in der Jugendherberge.

»Versteht ihr das?«, fragte Mark.

»Vielleicht geht ihre Uhr falsch«, nahm Ernie an.

»Oder es hat sie der Mut verlassen«, sagte Peter.

Ernie ächzte. »Und wir schlagen uns die halbe Nacht für nichts und wieder nichts um die Ohren.«

»Die schlafen wahrscheinlich schon tief und fest, während wir uns hier krampfhaft wach halten«, bemerkte Mark.

»Wer weiß, was sie wirklich getuschelt haben«, sagte Peter enttäuscht. Er streckte sich auf dem Rücken liegend aus, schob die Hände unter den Kopf und entspannte sich. »Ernie Kemp, unser supercooler, scharfohriger Spezialist für Lauschangriffe«, spottete er. »Der hört sogar Dinge, die überhaupt nicht gesagt werden. Und ich hab mich schon so auf die Schlacht gefreut. Na ja, dann schlaft mal schön, Amigos. Vielleicht findet der Angriff morgen Nacht statt.«

»Oder überhaupt nicht«, sagte Mark, was sehr in seinem Sinn gewesen wäre.

Peter lachte. »Stellt euch vor, wir wären mit dieser voll falschen Info zu Mr Grey gestiefelt. Da stünden wir jetzt ganz schön blöd da.«

»Würdest du bitte endlich die Klappe halten?«, maulte Chris.

»Ich rede wann, wo und wie viel ich will, okay?«, gab Peter mürrisch zurück. Er wollte sich von niemandem den Mund verbieten lassen. Am allerwenigsten von Chris.

»Weil Rücksichtnehmen ja noch nie deine Stärke war, was?«, grollte Chris.

Sie rieben sich wie Feuersteine aneinander. Das war nichts Neues. Dazu kam es immer wieder mal. Würde sich das jemals ändern?

Chris konnte es sich nicht vorstellen. Sie waren einfach zu verschieden.

»Liebe Güte«, stöhnte Mark, »fangt jetzt bloß nicht an zu zicken. Sonst kriegen wir in dieser Nacht überhaupt kein Auge mehr zu.«

»Gute Na-h-acht!«, sang Ernie dazwischen.

Danach kehrte endlich Ruhe ein.

Aber nur ganz kurz. Dann ...

Bewegung auf dem Flur. Kaum wahrnehmbares Zischeln. Etwas glitt draußen über die Tür. Vielleicht eine Hand.

»Sie kommen!«, sagte Peter alarmiert und griff sogleich nach seinem Kissen.

Die Tür öffnete sich ganz langsam. Lautlos. Wenn Ernie, Mark, Peter und Chris geschlafen hätten, hätten sie es nicht mitbekommen.

Ernie regte sich nicht. Seine Nerven vibrierten. Mark beobachtete die eintretenden Gestalten – unheimliche schwarze Schemen. Peter wartete gespannt auf den Angriff der Eindringlinge, die sich geduckt durch den finsteren Raum bewegten.

Chris ließ Owen und Co. ebenfalls noch im Glauben, in Zimmer 12 würden alle friedlich an der Matratze horchen. In Wirklichkeit aber war er mehr als bereit für die bevorstehende Schlacht.

Und da ging es auch schon los.

»A-t-t-a-c-k-e-e-e-!", rief Owen Segal.

Er und seine gemeinen hinterhältigen Mitstreiter dachten, die

Mannschaft von Zimmer 12 im Schlaf überraschen zu können und dadurch ultraleichtes Spiel zu haben.

Doch so war es nicht. Chris, Peter, Ernie und Mark flitzten im richtigen Moment superschnell hoch, warfen sich den Angreifern entgegen und schlugen mit ihren Kissen wild auf sie ein.

Aber sie mussten die krasse Erfahrung machen, dass die Angreifer von nebenan echt keine Sekunde lang die Absicht gehabt hatten, fair zu kämpfen.

Aus diesem Grund waren Owen, Alan, Brian und Kevin auch nicht mit weichen Kissen ausgerückt, sondern mit Handtüchern, in die sie Knoten gemacht hatten, so dick wie zwei Männerfäuste.

Damit nicht genug, hatten sie die Knoten auch noch nass gemacht, damit jeder Treffer weh tat wie ein Keulenschlag.

Diese linken Bazillen!

Das war ja wohl voll die krasse Gemeinheit!

Mark jaulte nach einem harten Treffer zornig auf. »Ihr voll ätzenden, miesen, ekeligen, stinkenden Mistkerle!« Er hielt mit beiden Händen sein Kissen hoch, um nicht noch mal getroffen zu werden.

»Uff!«, stöhnte Ernie, als ein Knoten steinhart auf seiner rechten Schulter landete und sogleich einen irren Schmerz explodieren ließ. Sein Arm fühlte sich an, als wäre er gelähmt.

Er zog sich taumelnd zurück und kämpfte nicht mehr weiter. Doch Chris und Peter gaben nicht klein bei.

Obwohl Mark und Ernie gewissermaßen das Handtuch geworfen und die weiße Fahne gehisst hatten, machten sie Seite an Seite heldenhaft weiter.

Sie ließen sich nicht unterkriegen. Im Gegenteil. Sie teilten stets mehr Treffer aus, als sie einstecken mussten, waren total hart im Nehmen und ihre Judoerfahrung kam ihnen bei diesem erbitterten Fight sehr zugute.

Sie schlugen eine ruppigere Gangart an, denn die Gegner waren schließlich auch nicht zimperlich, und schafften es sogar, Kevin und Brian zu entwaffnen.

Damit wendete sich das Blatt. Die angriffslustigen Nachbarn waren gezwungen, sich zurückzuziehen. Echt beschämend war das für sie.

Sie lieferten Chris und Peter nur noch ein extrem erbittertes Rückzugsgefecht.

Die Situation war total abgefahren. Zwei Mann schlugen vier Gegner mit ihren eigenen Waffen in die Flucht.

Chris und Peter gaben Owen und seinen Kampfgefährten voll, was ihnen gebührte. Sie schenkten ihnen echt gar nichts, trieben sie raus aus Zimmer 12, den Flur entlang und rein ins Nachbarzimmer. Bevor sie die Tür von Nummer 11 triumphierend schlossen, warfen sie die erbeuteten Handtücher, die sie nun nicht mehr brauchten, achtlos auf den Boden, wünschten der geschlagenen Besatzung spöttisch eine erholsame Nacht und kehrten grinsend nach Nummer 12 zurück.

»Mann, den Pfeifen haben wir's gegeben«, tönte Ernie, als sie eintraten.

Peter musterte ihn amüsiert. »Du auch?«

Ernie senkte verlegen den Blick. »Na ja, wir alle zusammen.«

Chris kletterte gelenkig in sein Bett. »Das wagen diese Hampelmänner nicht noch mal.«

»Man muss nur wissen, wie man sich bei solchen Extremrabauken Respekt verschafft, dann geben sie Ruhe«, sagte Peter, schlüpfte unter die Decke, drehte sich auf die Seite und machte es sich in seinem Bett so bequem wie nur irgend möglich.

»Ah«, dehnte er. »Ich muss gestehen, auf so einem fantastisch weichen Siegerkissen ruht es sich ganz besonders gut. Ich bin sicher, ich werde in wenigen Minuten total herrlich träumen.«

Auch Chris träumte kurz darauf. Von dem bezaubernden blonden Girl. Und ein glückseliges Lächeln lag dabei auf seinem Gesicht.

NACHTS, WENN DU DEN TEUFEL TRIFFST

Ralph Thornton war zwar nicht besonders hell auf der Platte, aber Auto klauen konnte er voll gut. Das machte ihm so schnell keiner nach. Auch Toby Prado nicht.

Obwohl ihm Toby in allen anderen Belangen haushoch überlegen war. Aber beim Wagenstehlen musste er passen. Diesen Bogen hatte er nicht raus.

Ralph kam dabei zugute, dass er fast drei Jahre in einer Autoreparaturwerkstätte gearbeitet hatte. Zwar nur als schlecht bezahlte Hilfskraft, aber die Dinge, die ihn interessiert hatten, hatte er sich erstaunlich mühelos angeeignet und auch schon öfter in der Praxis angewandt.

Es war kurz nach Mitternacht, als er sich von Toby verabschiedete und sich auf dem Heimweg nach einem geeigneten Fahrzeug für den geplanten Bankraub umsah.

Die Nacht war kühl. Ralph zog die Schultern hoch und steckte die Hände in die Hosentaschen.

Ein grüner Chevrolet Captiva stach ihm ins Auge. Der Wagen sah funkelnagelneu aus. Voll die scharfe Kutsche. Als hätte er noch vor wenigen Stunden im Schaufenster eines Autohändlers gestanden.

»Ich liebe grüne Autos«, murmelte Ralph grinsend. »Sie sehen so naturverbunden und umweltfreundlich aus.«

Er zog die Hände aus den Taschen und trat an den Wagen heran.

Plötzlich legte sich eine Hand voll schwer auf seine Schulter. Ihm rutschte vor Schreck beinahe das Herz in die Hose.

»Hach!«, kam es gepresst aus seiner Kehle.

Dann wirbelte er herum – und sah in eine schmale, rote, furchterregende Fratze.

Der Teufel war ihm erschienen, um sich seine verdorbene Seele zu holen!

Direkt aus der Hölle musste er hochgefahren sein, und er starrte ihn mit Augen an, die in brennendem Öl zu schwimmen schienen.

»O mein Gott«, entfuhr es ihm, und er bereute urplötzlich, dass er so ein schandhaftes Leben geführt hatte. Das hatte sich ja mal rächen *müssen*. Dafür *musste* er ja mal die Rechnung präsentiert bekommen.

Aber warum schon so früh? Er war doch noch so jung, nur knapp über zwanzig.

Er wollte auf die Knie sinken und um Gnade winseln.

Da lallte der Teufel: »Tut mir echt leid, Mann. Ich wollte dich nicht erschrecken.«

Er hatte es *gelallt*. Grundgütiger, der rotgesichtige Kerl war ja total breit. Er war so blau wie eine Kornblume. Das war ja voll abgefahren.

Hey, durchfuhr es Ralph Thornton, keinem Menschen ist jemals ein Teufel erschienen, der so betrunken war, dass er sich kaum noch auf den Beinen halten konnte.

»Ich wollte dich wirklich nicht …«

»Hast du aber!«, schnauzte Ralph den Fremden an. Er fürchtete sich nicht mehr vor ihm. »Und wie. Mein Puls rattert wie eine Nähmaschine.«

»Sorry, Kumpel.« Der Mann hob die Hand und tat so, als würde er einen Becher leeren. »Ich hab ein bisschen zu viel erwischt.«

»Das sieht man.« Ralph wackelte mit dem Kopf. »Ein *bisschen* ist gut.«

»Einer meiner Freunde ist heute dreißig geworden.«

Ralph griente. »Ein biblisches Alter.«

»Ab morgen geht er auf die Vierzig zu.«

»Echt tragisch.«

»Und ab morgen begegne ich ihm nur noch mit krassem Misstrauen.«

»Weshalb?«

»Weil es heißt, man soll keinem über dreißig trauen. Ich hab sogar ein T-Shirt, auf dem das steht.«

»Ich hab eins, auf dem steht: ›Als Gott mich schuf, wollte er angeben.‹«

Der Betrunkene nickte. »Geiler Spruch. Ich bin Bruce. Bruce Hooks. Und wie heißt du?«

»Ralph Tho… Alf Thunderbird.«

»Echt? Thunderbird? Cooler Name. Ralph oder Alf?

»Alf.«

»Du hast dich vorhin vor meinem Gesicht voll erschrocken, stimmt's, Alf Thunderbird?« Bruce Hooks atmete schwer aus. Speichel glänzte auf seinen schmalen Lippen und er schniefte laut. »Ich hab 'ne Visage, mit der ich die mutigsten Hunde in die Flucht jagen kann. Wenn ich was trinke, färbt sie sich immer knallrot. Keine Ahnung, wieso.«

Er zuckte mit den Schultern, als hätte er sich damit abgefunden.

»Ich kann damit leben.« Er zeigte auf den Captiva. »Ist das dein Wagen, Alter?«, fragte er undeutlich.

»Der Chevy? Ja. Äh. Das heißt nein. Eigentlich nicht. Äh. Nein, das ist nicht meine Karre.«

»Wolltest du nicht eben einsteigen?«

Ralph legte die Hand auf seine Brust. »Ich? Träumst du? Warum sollte ich in ein Auto steigen, das mir nicht gehört?«

»Schade. Ich hatte gehofft, du würdest mich ein Stück mitnehmen. Weil meine Schuhe heute so wackelig sind.« Hooks drehte sich um. »Ich wünsch dir was, Alf Thunderbird. Voll stark, der Name. So würde ich auch gern heißen. Hört sich so rasant an.«

Er schaukelte im Zickzackkurs davon. Ralph sah ihm nach. Hooks verschwand um die Ecke.

»Den Captiva kann ich vergessen«, murmelte Ralph. Er sah das grüne Fahrzeug bedauernd an. »Ich muss mir einen anderen Wagen leihen.«

Drei Blocks weiter fand er einen, der ihm ebenfalls zusagte.

Einen fast fabrikneuen fünftürigen Land Cruiser von Toyota in Silber.

Er riss ihn sich in bewährter Manier unter den Nagel, fuhr damit nach Hause, versteckte ihn in seiner kleinen Werkstatt und bestückte ihn mit gestohlenen Kennzeichen.

Anschließend rief er Toby Prado an und meldete: »Ich hab ’n schickes Vehikel für uns organisiert, Bruder. ’nen Toyota. Land Cruiser. Den Benziner. Weil der spritziger ist als der Diesel. Du brauchst mir nur noch zu sagen, wann ich dich damit abholen soll.«

»Cool«, sagte Toby zufrieden. »Ich ruf dich an.«

»Geht klar, Mann.« Ralph legte auf und sah nach, was sich im Kühlschrank befand.

EINE BÖSE ÜBERRASCHUNG

Nach Morgensport und Frühstück ließ Mr Grey die Jungs von Zimmer 11 und 12 auf dem Flur antreten. Er trug einen Sportanzug aus mitternachtsblauer Mikrofaser, mit weißen Paspelnähten, ging vor ihnen eine Weile schweigend mit finsterer Miene auf und ab, blieb schließlich stehen und musterte einen nach dem andern mit gestrengem Blick.

»Hat mir jemand was zu sagen?«, fragte er.

Großes Schweigen.

Dexter Grey nickte. »Das dachte ich mir.« Er sah Chris an. »Was war gestern Nacht los?«

»Ich weiß nicht, was Sie meinen, Sir.«

»Wieso hat Owen ein blaues Auge?«, wollte Mr Grey wissen.

»Keine Ahnung, Sir.«

»Irgendjemand muss ihm das Veilchen geschlagen haben, oder? Warst du es?«

»Nein, Mr Grey.«

»Wer sonst?«

»Ich weiß es nicht, Sir«, antwortete Chris respektvoll.

»Ich bin gegen die offene Schranktür gelaufen, Mr Grey«, meldete sich Owen Segal zu Wort.

»Gegen die offene Schranktür«, wiederholte der Lehrer.

»Ja, Sir«, sagte Owen. Sein linkes Auge schillerte echt in allen Farben.

»So, so«, sagte Dexter Grey. »Und das soll ich dir glauben?«

»Ja, Sir.«

»Es hat um Mitternacht also keinen Kampf gegeben? Zimmer 11 gegen Zimmer 12?«

Stille. Acht total stumme Schüler starrten mit fest zusammengepressten Lippen die gegenüberliegende Wand an. Die Wand, nicht Dexter Grey.

»Ich will euch mal was sagen, Herrschaften«, hob Dexter Grey zu einer grimmigen Predigt an. »Ich bin nicht hier, um es mir zwei Wochen lang am schönen Lake Norema einfach nur gut gehen zu lassen, sondern werde dafür bezahlt, auf euch aufzupassen und euch hier draußen Wissenswertes zu vermitteln, Exkursionen zu leiten und dergleichen mehr. Wenn ein Schüler nun mit einem Veilchen nach Hause kommt, werden mir seine Eltern vorwerfen, dass ich meine Aufsichtspflicht vernachlässigt habe. Der Direktor wird mich daraufhin gehörig ins Gebet nehmen, und ich werde eine Menge Ärger kriegen – wegen nur eines einzigen blauen Auges. Ihr könnt euch vorstellen, dass ich darauf nicht gerade besonders versessen bin. Und deshalb will ich wissen, was gestern Nacht vorgefallen ist und wer Owen Segal das Veilchen verpasst hat.« Er schritt ein weiteres Mal die Front ab. »Chris?«

»Ich kann Ihnen nicht helfen, Sir.«

»Peter?«

»Ich auch nicht, Mr Grey.«

»Ernie?«

»Auch ich nicht. Bedaure, Sir.«

»Mark?«

»Dito, Sir.«

»Kevin?«

»Von mir hat Owen das Veilchen mit Sicherheit nicht, Mr Grey.«

»Brian?«

»Von mir hat er es auch nicht, Sir.«

»Alan?«

»Owen hat es doch schon gesagt, Mr Grey. Er ist gegen die offene Schranktür gelaufen.«

»Es war ein Unfall, Mr Grey«, behauptete Owen Segal. »Meine Eltern werden Ihnen deswegen ganz sicher keine Schwierigkeiten machen. Mein Dad wird höchstens sagen, ich soll in Zukunft besser aufpassen.«

»Können wir es nicht dabei bewenden lassen, Sir?«, fragte Peter.

Dexter Grey schüttelte entschieden den Kopf. »Tut mir leid. Ich kann mich damit nicht zufriedengeben.« Sein Blick wanderte wieder über die ernsten Gesichter der Schüler. »Ihr habt so etwas wie einen Ehrenkodex, nicht wahr? Keiner verpfeift den andern. Ich fände das echt cool, würde ich auf eurer Seite stehen. Das tue ich aber nicht, und deshalb werde ich einen von euch für das, was vorgefallen ist, zur Rechenschaft ziehen, stellvertretend für alle andern.«

Er marschierte an der Front zurück und blieb vor Chris stehen. »Wir werden heute ein Festungsmuseum besichtigen.«

Chris sagte nichts. Er schluckte nur. Und er sah haarscharf am Lehrer vorbei, fixierte eine dicke schwarze Fliege, die an der Wand saß. Vielleicht schlief sie. Können Fliegen überhaupt schlafen?, fragte sich Chris. Und auch träumen?

»Du nicht«, fuhr der Lehrer fort und zeigte auf ihn. »Du wirst dich zum Küchendienst melden.«

»Ja, Sir.«

»Wenn wir zurückkommen, unterhalten wir uns noch mal über den nächtlichen Vorfall«, sagte Mr Grey. »Vielleicht höre ich dann die Wahrheit. Von dir. Oder von einem deiner Mitschüler. Ich bin ein sehr positiv denkender Mensch. Ich gebe die Hoffnung nicht so schnell auf. Und ich bin ganz versessen auf wahre Geschichten.«

Toby Prado und Ralph Thornton trafen in Cedar Hill ein.

»Mann, ist das ein voll krasses Kaff«, sagte Ralph überheblich. »Hier möchte ich nicht mal tot überm Zaun hängen.«

Er saß lässig am Steuer des gestohlenen Toyota, ließ ihn gemächlich die Main Street entlangrollen, mit nur einer Hand am Lenkrad.

»Genau richtig für uns«, gab Toby zurück.

»Hier sagen sich echt die Füchse gute Nacht«, bemerkte Ralph. »Und wenn es dunkel wird, werden die Gehsteige hochgeklappt.«

»Ich hab nicht gesagt, dass wir uns hier ansiedeln werden«,

erwiderte Toby. »Wir rauben bloß die Bank aus und kehren anschließend dorthin zurück, wo wir uns wohler fühlen.«

»Wo ist sie denn, die Bank?«, wollte Ralph wissen.

»Dritte Straße rechts.«

»Wie bist du eigentlich auf die Idee gekommen, ausgerechnet hier zuzuschlagen?«

»Ich hab voriges Jahr ein Wochenende am Lake Norema verbracht. Damals hat ein Mann allein die Bank überfallen und fast 200.000 Bucks erbeutet.«

»Die Bank wurde schon mal überfallen?«

»Hab ich doch gerade gesagt.«

»Mann.«

»Es war ein Spaziergang für den Räuber«, sagte Toby. »Die Angestellten haben brav kooperiert, haben ihm nicht die geringsten Schwierigkeiten gemacht, haben ihm alles gegeben, was er wollte.«

»Wurde er geschnappt?«

»Bis heute nicht.«

»Aber ...«

»Was?«

»Wenn die schon mal überfallen wurden ...«

»Die rechnen nie im Leben damit, dass sowas noch mal passiert.«

»Und wenn doch?«, fragte Ralph. »Vielleicht haben sie aus ihren Fehlern gelernt. So was soll's geben.«

Toby schüttelte überzeugt den Kopf. »Nicht hier. Nicht in Cedar Hill. Niemand, der auch nur ein bisschen Grips in der Birne hat, bleibt freiwillig hier. Glaub mir, in Cedar Hill wohnen ausschließlich Hohlköpfe. Die Crème de la Crème der Blödmänner. Das sind alles voll die Hinterwäldler.«

»Bist du sicher?«

»Ganz sicher.«

Ein Polizeifahrzeug kam ihnen entgegen. Am Steuer saß ein großer, kräftiger Mann mit einem stark ausgeprägten Pferdegesicht.

»Das ist Bob Montoya«, sagte Toby. »Der Sheriff. Eine extrakrasse Flasche. Er hat sich damals nicht gerade mit Ruhm bekleckert. Und in Kürze werden wir ihm sein zweites Waterloo bescheren.«

»Sein zweites was?«

»Seine zweite blamable Niederlage«, sagte Toby und verdrehte die Augen.

Toby Prado wies seinen Freund an, den Toyota auf dem Parkplatz eines Kaufhauses abzustellen. Ralph tat es.

Sie stiegen aus und gingen zu Fuß weiter.

Toby war schon mal in der Bank gewesen. Er wollte, dass auch Ralph sie von innen sah, bevor sie zuschlugen.

Sie stiegen die vier Stufen zum Eingang hinauf. Sobald der Sensor sie erfasste, öffneten sich die Glastüren.

»Siehst du«, murmelte Toby. »Wir sind hier herzlich willkommen.«

Sie traten ein – und im nächsten Moment zuckte Ralph zusammen, als wäre er gegen eine unsichtbare Wand gelaufen.

Links neben der Tür stand ein uniformierter Wachmann!

Auch wenn es Toby Prado nicht für denkbar gehalten hatte, man hatte in Cedar Hill tatsächlich aus seinen Fehlern gelernt.

Vor den Schaltern standen Kunden. Ralph sog die Luft scharf ein. Er war plötzlich extrem nervös.

»Ruhig«, sagte Toby gedämpft zu seinem Komplizen. »Ganz cool, Alter. Immer schön locker bleiben. Take it easy, Kumpel.«

»Die haben einen Wachm...«

»Schnauze, Mann!«, zischte Toby. »Sieh dich unauffällig um. Mach dich mit den örtlichen Gegebenheiten so gut wie möglich vertraut. Ich hol mir von dort drüben den regionalen Veranstaltungskalender und dann rücken wir wieder ab, okay? Kein Grund zur Panik. Echt nicht. Schmeiß jetzt bloß nicht die Nerven weg. Das ist überhaupt nicht nötig.«

Ralph schwitzte. Er schielte zu dem Uniformierten hinüber. Zum Glück blickte dieser in eine andere Richtung, sonst wäre er mit Sicherheit stutzig geworden.

Ralphs Herz raste. Meine Güte, worauf lasse ich mich da ein?, hallte es in seinem Kopf. Ich muss komplett bescheuert sein.

Toby war die Ruhe in Person. Wie schaffte er das bloß? Er schlenderte total lässig durch den klimatisierten Kassenraum, zu einem voll bepackten Ständer mit Werbebroschüren, Ausflugstipps, Rafting-Terminen, Tourenvorschlägen, Spartipps und dergleichen mehr.

Boah, der irre Typ hat echt keine Nerven, dachte Ralph, während er sich immer mehr in Schweiß auflöste. Wenn wir nicht bald die Fliege machen, bin ich in Kürze nur noch eine dicke Pfütze auf diesem glänzenden Granitboden.

Toby nahm sich einen von den bunten regionalen Veranstaltungskalendern und kehrte damit zu Ralph zurück. »Gehen wir«, raunte er dem nervösen Freund zu. »*Gehen*, nicht rennen. Klar?«

Ralph verließ an Tobys Seite und mit schlotternden Knien die Bank. »Mi-mir ist gar nicht gut«, stöhnte er, während sie um die Ecke bogen.

»Hey, Mann, reg dich wieder ab.«

»Die – die haben einen Wachmann ...«

»Ich bin nicht blind, Ralph. Ich hab ihn gesehen.«

»Gab es den auch schon, als die Bank zum ersten Mal überfallen wurde?«, fragte Ralph aufgewühlt. Er ging sehr schnell – und immer schneller. Und er wagte nicht sich umzudrehen.

»Nein.«

»Siehst du? Siehst du?« Ralph Thornton erreichte den Toyota und stieg hastig ein. Er zitterte und es zuckte unkontrolliert in seinem glänzenden Gesicht. Seine Nervosität kratzte an der Höchstmarke.

»Die haben sich nach dem Überfall was einfallen lassen, um ihr Geld besser zu schützen«, sagte er. »Damit ist die Sache für uns ja wohl gegessen.«

»Warum denn?«

»Na hör mal, Toby.« Ralph tippte sich an die Stirn. »Ich leg mich doch mit keinem Wachmann an.«

»Hast du dir den Knaben genau angesehen?«

Ralph nickte. »Hab ich.«

»Und was ist dir an ihm aufgefallen?«, wollte Toby wissen.

»Was soll mir an ihm aufgefallen sein?«

»Dass er ein dicker, alter, weißhaariger Knacker ist«, sagte Toby Prado voll verächtlich. »Ein megaschweres betagtes Auslaufmodell, das du nicht ernst zu nehmen brauchst. Ein fettgefutterter, kurzatmiger Rentner, der dir keine zehn Schritte weit nachrennen kann.«

Ralph hob den Zeigefinger. »Aber nach*schießen*. Er war bewaffnet.«

»Ich wette, der Bursche hat in seinem ganzen Leben noch nie auch nur einen einzigen Schuss abgefeuert. Wenn wir ihm unsere Knarren zeigen, wird er keinen Ärger machen und sich seine Kanone widerstandslos abnehmen lassen.«

»Wir blasen die Sache also nicht ab und fahren wieder nach Hause?«

Toby Prado griente. »Wir denken nicht im Traum daran«, antwortete er. »Und jetzt fahr los. Ich möchte dir ein paar total scharfe Ecken in dieser Gegend zeigen.«

EINE ECHT COOLE STRAFE

Im Erdgeschoss rief plötzlich jemand hinter Chris: »Hey, du!«

Er drehte sich um und erblickte den Leiter der Jugendherberge. »Ja, Mr Elders?«

»Wohin des Weges, junger Mann?«, wollte Stuart Elders wissen.

»Ich soll mich zum Küchendienst melden, Sir.«

Elders zog die Augenbrauen hoch. »Oh, dann hast du wohl was ausgefressen.«

Chris schwieg.

Elders zuckte mit den Schultern. »Wie auch immer. Mr Cronman, unser Koch, freut sich über jede Hilfe.«

Chris ging weiter. Er stieß die Küchenschwingtür auf – und bekam im selben Moment eine heftige Ohrfeige.

Jedenfalls kam es ihm so vor, als hätte ihm jemand eine gescheuert. Er stieß die Luft pfeifend aus und vor seinen weit aufgerissenen Augen tanzten grellbunte Kreise. Er schaute total belämmert aus der Wäsche und schien nicht glauben zu können, was er sah.

Mann, ist das krass!, durchfuhr es ihn.

Vor ihm stand das blonde Girl, die schöne Unbekannte.

Eine Superüberraschung war das.

Sie musterte ihn von oben bis unten, halb neugierig, halb erstaunt.

Er hatte noch nie so herrlich strahlendblaue Augen gesehen.

Sie trug eine lindengrüne Kleiderschürze. Jedes andere Mädchen hätte darin bestimmt nicht toll ausgesehen – sie schon.

»Is' was?«, fragte sie, weil er so belämmert dreinsah. Es klang amüsiert.

Er stammelte: »Oh. Äh. Hallo.«

»Hallo«, gab sie zurück. Ihre Stimme war voll süß.

»Ich bin Chris Hatcher«, sagte er heiser. »Von Mr Grey strafweise zum Küchendienst abkommandiert.«

»Was hast du angestellt, Chris Hatcher?«, wollte sie wissen.

»Nichts.«

Sie lachte. Es war das bezauberndste Lachen, das er je gehört hatte. »Seit wann wird man für *nichts* bestraft?«

Er hob die Schultern. »Mr Grey hat mich als Sündenbock auserkoren.«

Sie kniff ihre wunderschönen blauen Augen ein wenig zusammen. »Ich hab dich gestern gesehen, Chris Hatcher. Du hast an einem der Fenster im ersten Stock gestanden und zu mir heruntergestarrt.«

Ihm wurde total heiß. »Du hast mich bemerkt?«

Sie schmunzelte. »Ich laufe ja nicht voll blind durch die Gegend.«

»Darf ich fragen, wie du heißt?«

»Winona«, sagte sie. »Winona Elders.«

»Elders?«

»Stuart Elders, der Leiter dieser Jugendherberge, ist mein Vater.«

»Oh. Cool. Und deine Mutter?«

»Ich habe keine Mom«, antwortete Winona. »Sie ist bei meiner Geburt gestorben.«

»Das tut mir leid.«

Sie hob die Schultern. »Dafür habe ich den besten Dad der Welt. Er liebt mich über alles.«

Es ist nicht schwer, dich zu lieben, Winona Elders, dachte Chris, und er war froh, dass sie seine Gedanken nicht lesen konnte, sonst wäre er vor Scham im Boden versunken.

»Arbeitest du hier?«, fragte er.

»Ich arbeite überall«, antwortete Winona. »Wo ich gerade gebraucht werde. Wieso lächelst du?«

»Ich musste gerade an Mr Grey denken.«

»Und?«

»Wenn der wüsste, was für eine krasse Freude er mir mit seiner *extrem harten* Strafe gemacht hat, würde ihm das echt nicht gefallen.« Chris feixte. »Der Schuss ging ganz eindeutig nach hinten los, Herr Lehrer.« Er berührte seine Lippen mit dem Finger. »Ich werde ihm das bestimmt nicht verraten. Und du hoffentlich auch nicht.«

Winona legte die Hand auf ihre Brust. »Warum sollte ich?«

Dieses Traummädchen ging Chris voll unter die Haut. Er hätte nicht gedacht, dass er dieses wunderbare Girl so bald wiedersehen würde.

Sein Herz schlug übermütige Purzelbäume und er bedankte sich im Geist überschwänglich für die grandiose Strafe, die der gestrenge Mr Grey über ihn verhängt hatte. Denn dadurch konnte er mit Winona zusammen sein, neben ihr arbeiten, mit ihr reden und sie näher kennenlernen.

Was war dagegen die Besichtigung eines Festungsmuseums?

Überhaupt nichts. Null. Niente. Nada.

Chris hoffte, es so einrichten zu können, dass die megascharfe Strafe recht lang dauerte.

Der Küchenchef erschien, und Chris staunte gleich wieder, denn Arthur Cronman entsprach so überhaupt nicht dem gängigen Klischee von einem Koch. Er war spargeldünn und in seiner Freizeit ein begeisterter Mountainbiker, der mit seinem Rad die höchsten Höhen erklomm.

Chris fand diesen Mann echt cool. Er war sicher, dass er voll gut mit ihm auskommen würde.

Cronman zeigte ihm den Abwasch, der in die Spülmaschine geräumt werden musste.

Chris stürzte sich voll motiviert ins »Vergnügen« und plauderte dabei mit Winona Elders, die ihm so ausnehmend gut und von Minute zu Minute besser gefiel.

Sie mochte, genau wie er, den Schauspieler Shia LeBeouf und

die angesagten Songs von »RiRi« Rihanna, Pink und Miley Cyrus. Das war alles so megacool für ihn, dass er am liebsten die ganzen zwei Wochen in der Küche verbracht hätte.

DIE GRAUSIGEN WALDSCHRATE

»Davon hast du nichts gesagt, Toby.«

»Herrgott noch mal, Ralph, mach jetzt bloß keine Schwierigkeiten«, sagte Toby Prado verdrossen. »Tu nicht so, als wärst du mit einem goldenen Löffel im Mund in einem megaschicken Schloss geboren und hättest fortwährend ein Dutzend Bedienstete um dich gehabt.«

»Das hab ich nie behauptet.«

»Du bist ein Slumdog. Nichts weiter.«

»Meine Eltern sind einfache Leute ...«

»Die der Welt einen kriminellen Sohn beschert haben«, sagte Toby zynisch.

»Ich kann in keinem *Zelt* schlafen, Toby.«

»Du wirst es müssen.«

»Warum?«

»Weil wir in keinem vornehmen Hotel absteigen können«, erklärte Toby Prado. »Schon vergessen, was wir vorhaben? Wir dürfen vor dem Coup nicht auffallen, damit sich hinterher niemand an uns erinnert. Ist doch irgendwie logo, oder?«

Ralph war nicht aufgefallen, dass sein Komplize den Toyota mit einem kleinen Zwei-Mann-Zelt, Modell Iglu, beladen hatte. Er war nur mal kurz in den gegenüberliegenden Supermarkt geeilt, um sich mit Energy Drinks einzudecken, und als er herausgekommen war, hatte Toby Prado bereits auf dem Beifahrersitz gesessen und auf ihn gewartet.

Und nun kam er ihm damit, er müsse in diesem feuchten, dunklen, unheimlichen Wald nahe Cedar Hill in einem Zelt schlafen. Auf der kalten, harten Erde.

Wo ihm widerliches Getier in die Ohren kriechen und – wenn er Glück hatte – bei der Nase wieder herauskrabbeln würde. Wenn er Pech hatte, würde es sich in seinem Kopf verirren und ihn langsam verrückt machen.

Grundgütiger, er war nun mal kein Camping-Typ. Er konnte dieser primitiven Art zu wohnen absolut nichts abgewinnen. Wieso nahm Toby Prado keine Rücksicht darauf? Wieso zwang er ihn immer wieder, etwas zu tun, das ihm total gegen den Strich ging?

»Ich werde die ganze Nacht kein Auge zutun«, prophezeite Ralph Thornton.

Toby zuckte gleichgültig mit den Achseln. »Dann bleibst du eben wach. Ist ohnedies besser, wenn nur einer von uns beiden schläft.«

»Wieso?«, fragte Ralph heiser. Er musterte den Freund beunruhigt.

»Wegen der Waldschrate.«

Ralph Thornton horchte alarmiert auf. »Was sind Waldschrate?«

»Kleine, extrem stark behaarte böse Wesen mit Riesenkräften. Sie sind abgrundtief hässlich und völlig unberechenbar. Haben spitze Zähne und lange Krallen. Sind weder Mensch noch Tier.«

»Und – und – und was tun sie?«, stotterte Ralph nervös.

Toby griente. »Was meinst du, wozu sie die langen Krallen und die spitzen Zähne haben?«

Ralph blickte sich ängstlich um. Er fühlte sich nicht mehr wohl in seiner Haut. »Und – und – und die leben hier?«

Toby Prado nickte. »Davon müssen wir ausgehen.«

»Hast du schon mal so ein Wesen gesehen?«

»Zum Glück nicht.«

»Wieso weißt du dann, wie sie aussehen?«, fragte Ralph Thornton.

»Man hat es mir erzählt.«

»Und wie viele gibt es denn?«

»Nicht sehr viele«, antwortete Toby. »Sie sind Einzelgänger.«

»Wenn wir diesen Coup hinter uns haben, drehe ich nie, nie wieder ein Ding mit dir, das schwöre ich dir. Wenn ich geahnt hätte, welchen Gefahren du uns in dieser menschenfeindlichen Wildnis aussetzt, wäre ich erst gar nicht mitgekommen.«

Toby grinste. »Deshalb habe ich dir auch daheim nichts davon erzählt.«

Es war zum Brüllen komisch. Das fand Toby Prado jedenfalls. Ralph Thornton war so einfältig, dass er selbst die haarsträubendsten Lügengeschichten schluckte, da konnte ihm Toby erzählen, was er wollte.

Ralph nahm alles für bare Münze. Es machte Toby echt fetten Spaß, noch eins draufzusetzen, indem er sagte: »Man nennt sie auch Zeros.«

Ralph leckte sich nervös über die Lippen und griff sich fahrig an die Nase. »Wen nennt man so?«

»Die Waldschrate.«

»Und warum nennt man sie so?«

»Weil sie nichts, null, zero von dir übrig lassen, wenn sie über dich herfallen.«

Ralph riss die Augen erschrocken auf. »Na super. Voll der Brüller. Du machst mir Laune. Ich bin dafür, dass wir das ungemütliche Zelt gleich wieder abbauen und von hier verschwinden, solange das noch möglich ist.«

Doch Toby schüttelte entschieden den Kopf. »Wir bleiben. Betrachte es als Mutprobe. Wenn du morgen noch am Leben bist, hast du sie bestanden.«

Chris lag im Bett und träumte mit offenen Augen von Winona Elders. Ihm hatte noch nie ein Mädchen besser gefallen. Sie war hübsch, sympathisch und absolut süß.

Und er? Voll krass, er war total in sie verknallt. Das war ihm noch nie passiert, doch er genoss es voll und ganz.

Für die nächsten Tage war die Fortsetzung seiner »Strafe« gesichert. Mr Grey hatte, wie angekündigt, Zimmer 11 und 12 antreten lassen und erneut wissen wollen, was sich in der Nacht zugetragen hatte. Doch er hatte einer Mauer des Schweigens gegenübergestanden und auf Granit gebissen. Keiner hatte gepetzt, alle waren voll cool geblieben.

Danach hatte sich der Lehrer Chris noch mal vor dem Abendessen vorgenommen.

»Was soll das?«, hatte er verständnislos gefragt. »Warum seid ihr alle so verstockt? Vor allem du, Chris? Ich kriege früher oder später ja doch heraus, von wem Owen sein Veilchen hat. Wollen wir die leidige Angelegenheit nicht lieber abkürzen?«

Chris nahm Haltung an wie beim Militär, und so fiel auch seine Antwort aus. »Bedaure, Sir. Ich habe Ihnen nichts zu sagen.«

Genau genommen hatte er wirklich keine Ahnung, wem Owen das blaue Auge zu verdanken hatte. Jeder konnte es ihm in der Hitze des Gefechts verpasst haben. Ernie, Mark, Peter, ja, selbst Chris – unbewusst und ohne Vorsatz.

Mr Grey war alles andere als relaxt. Es fiel ihm nicht leicht, sich zu beherrschen, das war ihm anzusehen.

Er atmete mehrmals tief durch, dann sagte er total finster: »Ich werde mich nicht dazu hinreißen lassen, dich einen dummen, störrischen Esel zu nennen, Chris Hatcher. Weil es mir nicht erlaubt ist, so zu einem Schüler zu sprechen. Und weil ich vermeiden möchte, dass du dich beim Direktor über mich beschwerst, sobald wir wieder zu Hause sind. Ich werde stattdessen auf Zeit setzen. Mal sehen, wer von uns beiden den längeren Atem hat. Was immer wir in den nächsten Tagen unternehmen, wir werden es ohne dich tun, so lange, bis du Vernunft angenommen hast. Hast du das begriffen?«

»Ja, hab ich gecheckt, Mr Grey.«

»Das freut mich.«

Im Bett liegend lächelte Chris zufrieden in die Dunkelheit. Er war dazu verdonnert, noch mehr Zeit mit Winona zu verbringen. War das nicht herrlich? War das nicht echt der Hammer? Konnte ihm was Cooleres passieren?

Hey, danke, Mr Grey, dachte er belustigt. Vielen, vielen Dank. Ich hoffe, Sie bleiben weiterhin so megastreng. Jetzt werden Sie mir bloß nicht zum Weichei, mein Bester. Das würde mir nämlich überhaupt nicht gefallen. Lassen Sie den dummen, störrischen Esel recht ordentlich schmoren, okay? Demonstrieren Sie an diesem dickköpfigen Schüler voll krass Ihre ganze Macht. Und machen Sie ihn damit voll glücklich.

Mark Pollet begann extrem laut zu schnarchen. Es störte Chris nicht. Er träumte weiter mit offenen Augen von Winona, diesem bildhübschen blonden Girl.

Was für eine wundervolle Nacht.

IM WALD DER TAUSEND ÄNGSTE

Die Nacht war voller unheimlicher Geräusche. Und Ralph Thornton hörte sie alle. Keines entging ihm. Denn kaum hatte er eines wahrgenommen, wartete er schon tierisch angespannt auf das nächste.

Wie er es vorhergesagt hatte, war an Schlaf natürlich nicht im Entferntesten zu denken, und es war ihm auch total unverständlich, dass sein Komplize so voll friedlich und entspannt schlummern konnte. Hatte der denn überhaupt keine Nerven? Und keine Angst?

Dieser undurchdringliche schwarze Geisterwald beherbergte doch mindestens tausend schreckliche Gefahren. Wenn nicht noch mehr. War Toby Prado echt so cool, dass ihn das überhaupt nicht kratzte?

Offenbar ja. Sonst hätte er wohl kaum so tief geschlafen, während sein Kumpel sich neben ihm furchtsam einen abzitterte und tief in seinem Inneren Höllenqualen litt.

Ralph Thorntons Augen waren ständig in Bewegung, seine Blicke huschten fortwährend hin und her, und das obwohl es so finster war, dass er nicht einmal die Hand vor Augen sehen konnte.

Das ist das letzte Ding, das ich mit dir drehe, Toby Prado, dachte Ralph. Nach diesem Bankraub trennen sich unsere Wege. Und zwar für immer. So viel Stress ist ungesund. Ich muss kein Arzt sein, um das zu wissen. Ich spüre es. Diese extreme nervliche Anspannung bringt mich um.

Ihm war heiß. Toby Prado hatte Schlafsäcke besorgt, die eher für arktische Temperaturen geeignet gewesen wären.

Ralph strampelte sich frei. Sein Komplize drehte sich daraufhin auf den Rücken und gab schmatzende Laute von sich.

Oder ... kamen diese Geräusche etwa von draußen herein? Die Zeltwand war so hauchdünn wie Klopapier und bot überhaupt keinen Schutz.

Wer schmatzte, wenn es nicht Toby war? Ein Zero vielleicht? Heiliger Strohsack, bloß das nicht! Kroch draußen etwa ein Waldschrat ums Zelt? Eines dieser kleinen, extrem stark behaarten bösen Wesen mit Riesenkräften?

Toby hatte sie als abgrundtief hässlich und völlig unberechenbar beschrieben. Angeblich hatten sie spitze Zähne und lange Krallen, waren weder Mensch noch Tier. Hatte so ein gefährliches, fortwährend hungriges Ungeheuer sie gewittert?

Ralph Thornton biss sich so fest auf die Lippe, dass es schmerzte. Er wagte kaum noch zu atmen.

Schritte.

Hatte er tatsächlich soeben Schritte vernommen? Eiseskälte kroch in seine Glieder. Er zog den Schlafsack wieder über seinen angespannten Körper.

Da war ein unheimliches Schnüffeln und Schnaufen. Oder bildete er sich das bloß ein?

Raschelnde Blätter. Knarrende Bäume. Knackende Äste. Der Wald lebte auf eine extrem gruselige Weise. Kein Wunder, dass Ralph Thornton voll die Gänsehaut bekam. Auf der hätte man einen Apfel zu Mus reiben können.

Etwas wischte über die Zeltwand. Eine Krallenhand? Ralph Thornton blieb fast das Herz stehen.

»Toby«, flüsterte er voll aufgeregt.

Der Freund reagierte nicht.

»Hey, Toby.«

Toby Prado drehte sich von Ralph weg.

»Toby, wach auf.«

Toby Prado brummte im Schlaf.

»Wie kann man nur so fest pennen?«, zischte Ralph ebenso verständnislos wie ärgerlich. Er tastete nach Toby Prados Schulter und rüttelte ihn.

Toby Prado grunzte wie ein – ein – ein ... Irgendwie tierisch.

Ralph stöhnte: »O Mann, das ist voll krass, Mann. Aber echt. Verflixt noch mal, wach endlich auf, Toby. Toby. Toby.«

Er rüttelte Toby Prado so lange und immer kräftiger, bis dieser wach war.

»Was ist denn?«, fragte er schlaftrunken.

»Was ist? Wir sind in Gefahr, Mann.«

»In Gefahr? Wieso?«

»Jemand schleicht ums Zelt.«

»Wer?«

»Das weiß ich doch nicht.«

Toby Prado setzte sich auf. »Warum hast du nicht nachgesehen?«

»Ich? Bist du bescheuert? Ich geh da nicht raus.«

»Sei mal still.«

Ralph hielt den Mund.

Toby lauschte kurz. Dann sagte er: »Ich höre nichts.«

»Du hörst nichts?«, krächzte Ralph hysterisch. »Alter, der Wald ist voll von unheimlichen Geräuschen – und du hörst sie nicht? Sind deine Ohren verstopft oder was?«

»Als passionierter Camper filtert mein Gehör alle absolut harmlosen Geräusche der Natur raus. Was danach bleibt, ist eine angenehme, friedliche Stille.«

Ralph Thornton hüstelte. »Ich habe jemanden schnaufen und schnüffeln gehört.«

»Das war vielleicht ein Fuchs«, sagte Toby.

Ralph schüttelte den Kopf. »Glaub ich nicht.«

»Oder ein streunender Hund.«

»Das hat sich nicht nach einem Hund angehört«, behauptete Ralph.

»Dann war es vielleicht ein Wildschwein«, sagte Toby Prado. »Wir sind im Wald. Hier gibt es viele Tiere. Und manche von ihnen sind nachtaktiv.«

Ralph wollte, dass sein Freund sich draußen umsah.

Toby gähnte faul. »Ich denk nicht dran.«

»Du musst.«

»Wieso *muss* ich?«

»Weil du uns diese Suppe eingebrockt hast. Wir wären nicht in diesem unheimlichen Wald, wenn du nicht die Schnapsidee mit dem Zelt gehabt hättest. Das ist ganz allein auf deinem Mist gewachsen. Ich hatte keinen blassen Schimmer, dass …«

Toby Prado seufzte. »Na schön. Okay. Dann sehe ich draußen halt mal nach dem Rechten, wenn es dich beruhigt.«

»A-aber sei vorsichtig.«

Toby Prado öffnete den Reißverschluss des Zelts.

Es ratschte so laut, dass Ralph furchtsam zischte: »Kannst du nicht ein bisschen leiser sein, Mann?«

Toby kroch nach draußen. So viel Mut hätte Ralph nie aufzubringen vermocht. Er ballte die Hände zu Fäusten und drückte sie sich fest gegen die Wangen.

Sein Herz schlug, trommelte und stampfte. Er machte Unbeschreibliches mit.

Würden sich die Waldschrate Toby schnappen? Würde er seinen Komplizen verlieren? Wer sich in Gefahr begibt, kommt darin um, hieß es doch.

O Gott, hallte es in Ralphs megaheißem Kopf. O Himmel. O nein. Wenn Toby nicht mehr zurückkommt, bin ich ganz allein in diesem verfluchten Schreckenswald. Das – das – das überlebe ich nicht …!

Das war voll krass, das bekam er nicht mehr auf die Reihe. Er befürchtete, jeden Moment den Todesschrei seines Freundes zu hören.

ACTION ZONE

Wenn es Toby erwischt, bin ich schuld daran, dachte er verstört. Weil ich ihn dazu gedrängt habe, das Zelt zu verlassen. O Toby, es tut mir leid. Ich hätte das nicht tun dürfen. Wenn ihn die Waldschrate schnappen ...

»Toby?«

Sein Komplize antwortete nicht.

»Hey, Toby.«

Keine Reaktion.

Wieso hört mich Toby nicht?, fragte sich Ralph Thornton mit blank liegenden Nerven. Hat er sich zu weit vom Zelt entfernt? Oder kann er mich nicht mehr hören, weil ... Um Himmels willen!

»Toby!« Ralph Thornton wagte nicht einmal, den Kopf aus dem Zelt zu stecken. »Toby, komm zurück!«

Das tat Toby Prado tatsächlich. Aber erst nach einer quälend langen Wartezeit, in der sich Ralph die fürchterlichsten Dinge vorstellte.

Ralph Thornton atmete hörbar auf, als sein Komplize endlich ins Zelt zurückschlüpfte und es wieder schloss.

»Wo warst du?«

»Ich würde sagen, ich war draußen«, gab Toby trocken zur Antwort. »Wolltest du das nicht?«

»Ich habe dich gerufen. Wieso hast du nicht geantwortet?«

»Denk mal scharf nach. Vielleicht habe ich dich nicht gehört.«

»Wieso hast du dich so weit vom Zelt entfernt?«

»Wo ich schon mal draußen war, hab ich mich an 'nen Baum

gestellt und einen abgestrullert, wenn du's genau wissen willst. Das wollte ich nicht gleich neben dem Zelt tun.«

»Was hast du gesehen?«, fragte Ralph Thornton gepresst.

»Nichts.« Toby machte es sich wieder in seinem Schlafsack bequem und forderte Ralph auf, sich ebenfalls hinzulegen.

Doch das Brechen eines Astes alarmierte Ralph Thornton sogleich aufs Neue. Er krallte die Finger in Toby Prados Arm.

»Ha-hast du das gehört?«

Toby Prado seufzte. »Grundgütiger, mach dir nicht schon wieder die Hosen nass!«

»Willst du wissen, was da draußen herumkriecht, Toby? Ich sag's dir: Ein Zero.« Ralph Thorntons Stimme bebte vor Angst.

»Ein was?«

»Ein Zero. Du hast gesagt, so nennt man die Waldschrate!«

»Quatsch.«

»Dieser kleine behaarte Teufel will uns fressen«, stöhnte Ralph Thornton.

Toby setzte sich genervt auf. »Jetzt hör mir mal ganz genau zu, Kumpel«, sagte er eindringlich. »Es gibt keine Waldschrate.« Er wiederholte es mit erhobener Stimme. »*Es gibt keine Waldschrate*. Weder hier noch sonst wo. Die Menschen haben diese Plagegeister erfunden. Sie kommen bloß in Fabeln und Märchen vor. Nur in solchen Geschichten. Sonst nirgends.«

»A-a-aber du hast doch gesagt ...«

»Ich habe dir davon erzählt, um dir ein bisschen Angst zu machen. Es war ein Joke. Ein Scherz. Nichts weiter. Nur Spaß. Ehrlich. Alles klar? So. Und jetzt legst du dich hin und schläfst eine Runde. Es ist wirklich alles voll cool.«

Minuten später schlief Toby tief und fest.

Ralph lag wach neben ihn und ärgerte sich über seinen Kumpel.

Ein Scherz also, dachte er wütend. Du hast einen Joke gemacht. Auf meine Kosten. Und so was nennt sich Freund. Aber mit mir kann man's ja machen.

Dennoch fand Ralph keinen Schlaf. Vielleicht irrte sich Tony ja. Vielleicht gab es diese Waldschrate doch wirklich und sein Joke ging nach hinten los.

Es dauerte noch einige Zeit, dann fiel auch er in einen unruhigen Schlaf. Er träumte von haarigen, bösartigen Kreaturen mit gelben Zähnen und langen Krallen, die in den Nächten durch die Wälder schlichen …

RIVALEN

Am darauffolgenden Morgen konnte es Chris kaum erwarten, seine »megaharte« Strafe wieder anzutreten. Er freute sich ganz riesig darauf, die voll süße Winona Elders wiederzusehen.

Die Sonne ging in seinem Herzen auf und überstrahlte seinen tristen Sträflingsalltag, als er sie erblickte.

Während er auf Befehl des Küchenchefs Tonnen von Lauch in Streifen schnitt, erzählte ihm Winona von einem Jungen, der sie angebaggert hatte, draußen am alten Brunnen, der nur noch zur Dekoration diente.

Chris war sofort extrem eifersüchtig. »Wie hat er ausgesehen?«, fragte er rau.

»Warum willst du das wissen?«

»Weil ich dafür sorgen möchte, dass er das nicht noch mal tut.«

»Das ist echt nett von dir, aber wirklich nicht nötig«, sagte Winona selbstbewusst. »Ihr seid nicht die ersten Schüler, die bei uns wohnen. Es kommt immer wieder mal zu solchen ... nun ja, *Zwischenfällen.*« Sie zeichnete mit den Fingern Gänsefüßchen in die Luft, um das Wort hervorzuheben. »Glaube mir, ich weiß mir aufdringliche Jungs recht gut vom Leib zu halten. An mich kommt keiner ran, wenn ich es nicht will.«

Chris kitzelte dennoch sehr geschickt eine Beschreibung des »Täters« aus ihr heraus und er bekam fast die Krise, als ihm klar wurde, dass der Typ, der Winona belästigt hatte, Peter Carson gewesen war.

Ausgerechnet der!

Seine Miene verfinsterte sich. Was bildete sich der Knülch nur ein? Wie kam er dazu, der Tochter des Heimleiters hinterherzustiefeln?

Winona erzählte zwar, sie hätte Peter Carson eine echt blamable Abfuhr erteilt, doch sie kannte den Typ nicht so gut wie Chris. Solche Niederlagen entmutigten den nicht. Im Gegenteil. Sie stachelten ihn an. Er würde sein Glück bei Winona garantiert bei der nächsten Gelegenheit erneut versuchen.

Und deshalb würde Chris ihn sich so bald wie möglich vornehmen. Damit er Winona in den kommenden Tagen ganz sicher in Ruhe ließ. Ansonsten würden die Fäuste sprechen. O ja, ganz bestimmt.

Am Nachmittag war Chris Winona hinter der Jugendherberge beim Wäscheaufhängen behilflich. Er trug ihr auch den schweren Plastikkorb.

Dafür durfte er anschließend zwei freie Stunden mit ihr am Lake Norema verbringen. Sie zeigte ihm ihren Lieblingsplatz am See, eine kleine idyllische Bucht mit leise raschelndem Schilf, von alten, geheimnisvoll wispernden Trauerweiden überschattet.

Chris hob einen flachen Stein auf und warf ihn so, dass er x-mal über die glatte Wasseroberfläche hüpfte, ehe er unterging.

Winona setzte sich ins Gras und er nahm neben ihr Platz. Eine wohltuende Wärme durchflutete ihn. Er war irre gern in Winonas Nähe. Am liebsten wäre er rund um die Uhr mit ihr zusammen gewesen. Doch das war leider nicht möglich.

Sie zog die Beine an, umklammerte mit den Armen ihre Knie und schaute auf den See.

Wellen plätscherten leise gegen das Ufer. Frösche quakten und das Röhricht flüsterte geisterhaft, wenn der Wind mit unsichtbaren Fingern darüberstrich.

»Ich war noch nie mit einem Jungen hier«, gestand Winona auf einmal. »Immer nur allein.«

Chris war irgendwie berauscht. »Ich fühle mich ehrlich sehr geschmeichelt«, sagte er. »Womit habe ich das verdient?«

»Du bist nett. Ich mag dich.« Sie legte sich auf den Rücken und schloss die Augen.

Er betrachtete sie sehr lange. Als er mit seinen Mitschülern im Bus zum Lake Norema gefahren war, hätte er von einer dermaßen himmlischen Herzklopfen-Situation nicht mal zu träumen gewagt.

Winona öffnete die Augen wieder und lächelte. »Was ist?«

»Du bist wunderschön, Winona«, sagte er mit belegter Stimme. »Ich …«

»Was?«

»Ich würde dich gern …« Er musste sich ziemlich räuspern. »… küssen.«

Er bekam das letzte Wort kaum über die Lippen, war voll aufgeregt und gleichzeitig total verlegen.

Sie blinzelte. »Warum tust du's nicht?«

»Ich weiß nicht, ob ich es darf«, sagte er zögerlich.

Sie sah ihm in die Augen und flüsterte ganz leise: »Ich möchte, dass du mich küsst, Chris Hatcher. Und ich möchte nicht noch länger darauf warten müssen.«

Nach dem Abendessen sagte Chris im Speisesaal zu Peter: »Ich muss mit dir reden.«

»Worum geht es?«

»Nicht hier.«

»Wo?«

»Draußen.«

»Okay.«

Sie verließen die Jugendherberge. Als sie dann ungestört waren, schob Peter lässig die Hände in die Hosentaschen und fragte: »Also, was gibt's?«

Chris kam gleich zur Sache. »Du hast die Tochter des Heimleiters angebaggert.«

»Woher weißt du davon?«

»Sie hat es mir erzählt.«

»Echt? War sie so angetan von mir?«

»Wir arbeiten zusammen in der Küche und haben uns angefreundet.«

Peter schmunzelte. »Das ging aber schnell.«

Chris stand unter Strom. »Ich erwarte von dir, dass du Winona in Ruhe lässt.«

»Sie hat mich voll abblitzen lassen, weißt du?«

Chris zog die Augenbrauen zusammen. »Ich wäre dir dankbar, wenn du dich damit abfinden würdest.«

»Und wenn nicht?« Peter zuckte mit den Schultern und grinste frech. »Nur mal so gefragt.«

»Versuch es lieber nicht herauszufinden.«

»Ist das eine Drohung?«

Chris antwortete nicht.

Peter zog die Hände langsam aus den Taschen und hakte die Daumen hinter den Gürtel seiner Jeans. Seine Haltung veränderte sich kaum merklich. Dennoch hatte es den Anschein, als wollte er Chris' Herausforderung annehmen.

»Weißt du, was mich echt brennend interessieren würde, Alter?«, sagte er gedehnt. Sein Blick wanderte an Chris langsam auf und ab. »Warum du bei Winona Elders Chancen hast und ich nicht. Hast du ihr irgendwas ins Essen getan? Oder ihr irgendeine Lügengeschichte über dich erzählt? Was du für ein toller Held bist oder so? Wie konntest du Flasche bei ihr punkten? Du bist nicht größer oder älter als ich, siehst nicht besser aus, hast keinen stinkreichen Daddy ... Verrat mir bitte, was du mir voraushast. Ich würde das nur zu gern wissen.«

Chris wusste selbst nicht, warum sich Winona ausgerechnet für ihn entschieden hatte. Es war einfach so.

Und er fand das tierisch cool.

EIN VOLL NERVÖSER GANGSTER

»Hast du dann doch noch ein wenig geschlafen?«, fragte Toby Prado.

»Ja. Aber es war echt fies von dir, mir von diesen unheimlichen Zeros zu erzählen. Ich konnte mich lange nicht beruhigen.«

Toby Prado lachte. »Jetzt hast du die Nacht hinter dir. Und du hast sie überlebt. Es geht dir gut ...«

»Es könnte mir besser gehen«, stöhnte Ralph Thornton. Er verzog das Gesicht, während er sich streckte. »Ich bin total steif. Wie können sich bloß so viele Menschen fürs Campen begeistern? Ich schlafe lieber in einem weichen Bett, umgeben von solidem Mauerwerk.«

Toby Prado schälte sich aus dem Schlafsack und kroch aus dem Zelt. Fröhliches Vogelgezwitscher brandete ihm entgegen. Die Luft war frisch und würzig.

Toby hob die Arme, dehnte seine Glieder und atmete mehrmals tief ein und aus. »Ah, herrlich«, sagte er. »Komm raus, Faulpelz, und sag diesem schönen Tag guten Morgen.«

Ralph Thornton erschien. Er rümpfte die Nase, konnte diesem kühlen, taufeuchten Tag nichts abgewinnen. Verdrossen kratzte er sich, als hätte er auf einem Ameisenhügel übernachtet.

»Nochmal tue ich mir das nicht an«, sagte er schniefend. »Das ist absolut nicht mein Ding.«

»Mach ein paar Lockerungsübungen, damit du langsam in die Gänge kommst.«

»Ein Becher Kaffee wäre mir lieber.«

»Kannst du haben.« Toby holte das Campinggeschirr, machte mithilfe von Brandbeschleunigern Feuer und wenig später tranken sie heißen Löskaffee ohne Milch und Zucker.

Ralph rümpfte die Nase. »Schmeckt nach ausgekochten Socken.«

Toby schüttelte echt sauer den Kopf. »Mann, du findest doch immer irgendwas zum Meckern. Sieh's positiv. Du bekommst was Warmes in den Magen.« Dann wechselte er das Thema. »Heute ist unser großer Tag, mein Freund. Heute rauben wir die Bank von Cedar Hill aus.« Er lachte vergnügt. »Mann, wird das ein Spaß.«

Ralph Thornton rieb sich mit dem Handrücken die Nase. »Ich wollte, ich hätte den Spaß bereits hinter mir. Ich habe kein gutes Gefühl bei der Sache.«

Toby boxte ihn leicht gegen die Schulter. »Fang bloß nicht wieder an zu unken, Alter!«

»Mir liegt dieser Wachmann im Magen.«

Toby machte eine wegwerfende Geste. »Ein träger, fetter, alter Mann. Den schaffen wir mit links. Das wird eine voll coole Blitzaktion. Wir gehen in die Bank arm rein und kommen reich raus. Zack. Zack.«

Für diesen Tag war der Besuch einer Glasbläserei geplant. Natürlich wieder ohne Chris Hatcher. Weil dieser noch immer nicht bereit war, Dexter Grey zu erzählen, wie Owen Segal zu seinem Veilchen gekommen war, das inzwischen in allen Regenbogenfarben schillerte.

Der Mannschaft von Zimmer 11 imponierte es voll, dass sich Chris nicht weich kriegen ließ. Auch Mark Pollet und Ernie Kemp glaubten, dass sie inzwischen klein beigegeben hätten, und sie bewunderten ihren nervenstarken Kameraden, der der »drakonischen« Strafe des strengen Lehrers so mannhaft trotzte. Sie fanden das total cool.

Der Einzige, der wusste, warum sich Chris so heldenhaft verhielt, war Peter Carson, und es passte ihm überhaupt nicht, dass Chris Hatcher bei Winona Elders offenbar so gut gelandet war.

Er benahm sich Chris gegenüber echt ätzend, wenn er mit ihm reden musste. Ansonsten ging er ihm tunlichst aus dem Weg, wenn es sich irgendwie einrichten ließ.

Ernie Kemp, der über Nacht auf der Stirn und am Kinn einen neuen Schub roter Pusteln dazubekommen hatte, stieg neben Chris die Treppe hoch. »Darf ich dich was fragen?«

»Was?«

»Es geht mich zwar nichts an, aber …«

»Spuck's schon aus, Mann.«

»Was geht ab zwischen dir und Peter?«

»Nichts.«

Ernie glaubte ihm nicht. »Ihr habt euch ja noch nie richtig gemocht, aber seit heute Morgen benehmt ihr euch wie Hund und Katze. Alles, was du sagst, kriegt Peter in den falschen Hals. Und umgekehrt ist es genauso. Ich hatte beim Frühstück den Eindruck, dass ihr am liebsten aufs Essen verzichtet und stattdessen 'nen Judokampf durchgezogen hättet.«

Chris gab es nicht zu, obwohl Ernie mit seinem Verdacht nicht ganz falsch lag. Dennoch behauptete er, Ernie läge voll daneben. Zwischen ihm und Peter wäre alles so wie bisher. Voll cool. Bestens im Lot. Total im grünen Bereich.

Ernie Kemp zuckte mit den Schultern und murmelte zweifelnd: »Wenn du meinst.«

Während Toby Prado mit wenigen Handgriffen das Zelt abbaute, sagte Ralph Thornton: »Wir können den Coup noch abblasen.«

Toby Prado richtete sich auf. »Hey, bist du unter die Spaßmacher gegangen?« Seine Miene verfinsterte sich und er sagte hart: »Der Banküberfall wird nicht abgeblasen, sondern mit Verve durchgezogen.«

»Mit was?«

»Mit Schwung und Elan.«

»Manchmal redest du wie einer von der Uni.«

Toby Prado erwiderte nichts. Er warf Ralph den Schlafsack zu, in dem er die Nacht verbracht hatte, und befahl ihm, ihn zusammenzurollen.

Ralph Thornton tat es mit sichtlichem Widerwillen.

Nachdem das Lager komplett abgebrochen war, stiegen sie in den Toyota.

Toby Prado rieb sich tatendurstig die Hände und sagte aufgekratzt: »Okey-dokey. Es kann losgehen.«

Chris trat ein weiteres Mal mit großer Freude seine harte Strafe an. Er schrubbte mit Winona eifrig Töpfe und Pfannen, bis sie wie neu glänzten, schlichtete mit ihr in der geräumigen Vorratskammer Kanister und Konserven und genoss jeden Augenblick, den er mit dem hübschen Girl zusammen sein durfte.

Es war eine voll fette Zeit für ihn.

Während sie arbeiteten, erzählte er Winona von seiner Familie, wo und wie er lebte, was er werden wollte und es stellte sich heraus, dass sie sogar eine gemeinsame Bekannte hatten: Stella Corrington – *Tante* Stella, wie Winona sie nannte. Eine total erfolgreiche Immobilienmaklerin, die vor zwei Jahren für die Familie Hatcher das Haus gefunden hatte, in dem sie seither wohnte.

Chris stellte mehrere schwere Sirupkanister ins Regal. Jedes Mal, wenn er zufällig mit Winona in Berührung kam, zuckte er wie elektrisiert zusammen, und er hoffte, dass sich bald wieder eine Gelegenheit ergab, sie zu küssen.

»Bist du mit Stella Corrington echt verwandt?«, wollte Chris wissen.

Winona schüttelte den Kopf. »Sie ist eine Jugendfreundin von Dad. Die beiden sind zusammen aufgewachsen und haben sich bis heute nicht aus den Augen verloren. Sie kommt uns hin und wieder besuchen und bleibt dann ein, zwei Tage. Letztens hat sie mir einen Job angeboten.«

Chris horchte auf. »Ehrlich?«

Winona nickte.

»Und?«

»Ich habe dankend abgelehnt«, sagte Winona.

»Warum?«

Winona zuckte mit den Schultern. »Mir gefällt es hier. Ich lebe gern am Lake Norema.«

Chris hielt inne. In seinem Kopf überschlugen sich die Gedanken, dann wollte er wissen: »Würde dich dein Dad gehen lassen?«

Winona nickte. »Er hat mir noch nie etwas verboten. Ihm ist nur wichtig, dass ich glücklich bin. Wenn ich für Tante Stella arbeiten möchte, wäre das für ihn okay.«

»Das wär voll cool«, sagte Chris. »Wir sind nur zwei Wochen hier, dann fahren wir wieder nach Hause. Wenn du für Stella Corrington arbeiten würdest, könnten wir uns auch weiterhin so oft sehen, wie wir wollen.«

Winona lächelte. »Ich kann Tante Stella ja mal fragen, ob die Stelle noch frei ist.«

Chris' Herz machte Luftsprünge. »Tu das. Unbedingt. Auf jeden Fall.«

Winona hauchte ihm einen raschen Kuss auf die Lippen. »Ich rufe sie in den nächsten Tagen mal an.«

Diese Überdosis an Freude und Glück machte ihn total schwindelig.

Ralph Thornton hielt das Lenkrad so fest umklammert, dass die Knöchel milchweiß durch die Haut schimmerten. Sein Blick war starr nach vorn gerichtet, sein Gesicht war zur starren Maske geworden.

Jetzt, da der Banküberfall unmittelbar bevorstand, fühlte er sich furchtbar elend. Er war in seinem ganzen Leben noch nie so aufgeregt gewesen. Wüste Horrorbilder rasten an seinem inneren Auge vorbei. Nichts, gar nichts klappte.

Der Überfall ging in seiner Vorstellung voll daneben. Der dicke Wachmann trennte sich nicht von seiner Waffe. Die mutigen Bankkunden ließen sich von den Maskenmännern nicht einschüchtern. Die verstockten Bankangestellten rückten kein Geld heraus. Der pferdegesichtige Sheriff Montoya stürmte mit einem Gehilfen zur Tür herein, nahm die Räuber fest und sperrte sie ein ...

Solche und ähnliche Visionen spielten sich in Ralph Thorntons Kopf ab, während er die Main Street entlangfuhr.

Eine alte Lady wollte mit drei kleinen Hunden über die Straße gehen.

»Stopp!«, rief Toby Prado, als Ralph keine Anstalten machte zu bremsen.

Ralph Thorntons Fuß zuckte vom Gas- zum Bremspedal, und der Toyota blieb abrupt stehen.

Die Frau warf dem Auto einen missbilligenden Blick zu und überquerte dann mit ihren hüpfenden und tänzelnden Hunden die Fahrbahn, wobei sich die Leinen immer mehr verstrickten. Es hatte den Anschein, als wollten die Tiere einen Leinenzopf flechten.

»Mann!«, sagte Toby Prado zornig. Er stieß seine Hand gegen die Schulter des Komplizen.

»Sorry«, murmelte Ralph Thornton kleinlaut.

»Hast du die Frau nicht gesehen?«

»Nein.«

»Du hättest sie beinahe überfahren.«

»Aber nicht absichtlich.«

»Absichtlich oder nicht«, sagte Toby vorwurfsvoll. »Danach hätten wir den Coup vergessen können.«

»Ich war kurz abgelenkt«, verteidigte sich Ralph Thornton.

»Reiß dich gefälligst zusammen, Alter«, schnauzte Toby ihn an. »Konzentriere dich. Setz das bisschen Grips ein, das du hast. Denk an das, was auf dem Spiel steht. Und fahr endlich weiter. Wie lange willst du noch hier stehen bleiben? Bis die Leute auf uns aufmerksam werden?«

Ralph setzte die Fahrt fort. Er befeuchtete seine Lippen mit der Zunge und versuchte sich von nichts mehr ablenken zu lassen.

Am liebsten hätte er das Gaspedal voll durchgetreten und wäre mit Full Speed aus Cedar Hill hinausgebraust, aber dann wäre sein Komplize mit Sicherheit voll durchgedreht.

Dann kam die Bank in Sicht ...

»Langsam«, sagte Toby Prado. »Laaangsaaam.«

Ralph Thornton schaltete in den Leerlauf.

»Wir machen es genau so, wie wir es besprochen haben«, sagte Toby. »Du hältst den Wagen direkt vor der Bank, okay?«

»Okay.«

»Vergiss nicht, den Motor laufen zu lassen.«

»Okay.«

»Und die Maske überzuziehen.«

»Okay.«

Ralph Thornton hatte das Gefühl, seine Nerven würden gleich zerreißen. Das wird schiefgehen, dachte er total aufgewühlt. Das geht ganz bestimmt schief. Und wir werden im Knast landen. Ich spüre es. Ich weiß es. Ich sollte bei diesem Irrsinn nicht mitmachen. Ein Auto stehlen. In ein Lagerhaus einbrechen. Nachts ein Geschäftshaus ausrauben. Das können wir. Aber eine Bank überfallen …

»Also«, sagte Toby Prado. »Packen wir es an.«

Jetzt gab es für Ralph Thornton kein Zurück mehr. Er musste seinen Komplizen in die Bank begleiten.

Toby war bereits maskiert. Auch Ralph zog sich die Maske über den Kopf.

Und dann nahmen die Dinge ihren Lauf …

DER BANKÜBERFALL

Sie stiegen aus und eilten in die Bank.

Toby Prado »erschoss« sofort zwei Videokameras. Die Geräte unter der Decke platzten knallend auseinander, als hätte sie eine Titanenfaust mit voller Wucht getroffen und zertrümmert.

Das laute Krachen erschreckte alle Anwesenden. Selbst Ralph Thornton zuckte heftig zusammen.

Und dann zog der Wachmann seine Waffe. Ralph Thornton bekam deswegen beinahe einen Schreikrampf.

Er richtete seinen Revolver auf den dicken Uniformierten, während dieser auf ihn zielte. Eine haarsträubende Situation war das. Schlimmer hätte es kaum kommen können.

Ralph Thornton zitterte. Er war wütend, weil der Wachmann sich nicht einschüchtern ließ. Und er hatte Angst.

Angst davor, dass ihm die Nerven durchgehen und er auf den Uniformierten, der seinen Job so schrecklich ernst nahm, schießen würde.

»Toby!«, krächzte er, um den Komplizen auf die brenzlige Lage aufmerksam zu machen.

»Verflixt, warum gibst du den Leuten hier nicht gleich meine Visitenkarte?«, herrschte Toby Prado ihn an.

»Lass fallen!«, befahl Ralph Thornton dem Wachmann. Hitze durchtobte ihn. Ihm war, als stünde er auf glühenden Kohlen. »Sofort! Spiel hier nicht den Helden, Mann! Zwing mich nicht, auf dich zu schießen!«

Endlich nahm der Wachmann Vernunft an. Er schien eingesehen zu haben, dass es voll idiotisch war, sein Leben für das bisschen Geld, das die Räuber erbeuten würden, aufs Spiel zu setzen.

Ralph fiel ein Stein vom Herzen. Er atmete unter der heißen Maske erleichtert auf, riss dem Wachmann die Waffe aus den Fingern, schob sie in seinen Gürtel und befahl dem Uniformierten, sich bäuchlings auf den Boden zu legen.

Inzwischen hatte Toby dafür gesorgt, dass sich die vier Kunden (eine Frau und drei Männer) und zwei weibliche Bankangestellte mit dem Gesicht nach unten hingelegt hatten. Und er hatte einem blassen Kassierer die mitgebrachte Sporttasche zugeworfen und ihm befohlen, sie schön voll zu machen.

»Pack alles rein!«, forderte Toby Prado ihn auf. »Und zwar wirklich echt alles. Du räumst auch die Kassen deiner Kollegen leer, verstanden? Und mach schnell. Wir haben es eilig.«

Ralph Thornton sah zu, wie sich die Tasche immer mehr füllte, wie sie einen herrlich dicken Bauch bekam. Vielleicht klappt es doch, ging es ihm leicht hoffnungsvoll durch den Kopf. Vielleicht habe ich mir umsonst Sorgen gemacht.

Im Moment sah es so aus, als würde alles funktionieren. Mal sehen, was dabei rumkam. Beim ersten Überfall wurde die Bank

200.000 Bucks los. Vielleicht ließ sich das noch toppen. Wäre nicht schlecht. Wäre echt nicht schlecht, Mann.

Sobald die Tasche voll und die Kassen und der Tresor leer waren, warf Toby Prado seinem Komplizen einen kurzen Blick zu. »Ist bei dir alles cool?«

Ralph Thornton nickte. »Alles voll cool.«

»Herrschaften!«, wandte sich Toby Prado an die Anwesenden. »Ihr bleibt zehn Minuten auf euren Bäuchen liegen, verstanden? Keiner rührt sich. Keiner steht auf. Keiner ruft die Polizei. Wir verschwinden jetzt. Aber vielleicht kommen wir noch mal zurück. Und wenn dann einer vorzeitig auf den Beinen ist, knallt's ganz fürchterlich. Ist das klar?«

Niemand antwortete.

»Zehn Minuten!«, rief Toby Prado, während er sich rückwärtsgehend der Tür näherte. Ralph Thornton folgte ihm. »Zehn Minuten«, wiederholte Toby Prado.

Wenig später stieß er mit dem Rücken gegen die Tür. Er öffnete sie.

Ein Mann wollte im selben Moment die Bank betreten und Toby prallte gegen ihn.

Sie stürzten. Alle beide.

Und sie fielen, ineinander verschlungen, so unglücklich, dass sie beide durch die zupendelnde Glastür krachten!

Es klirrte, Glasscherben glitzerten, dann landeten Toby und der unglückliche Bankkunde draußen auf dem Gehweg.

Toby verlor dabei die Tasche mit der Beute. Er fluchte.

Der Mann klammerte sich an ihn. Toby gelang es nicht, sich von ihm zu befreien. Er rief Ralph zu, er solle ihm helfen. Aber Ralph wusste nicht, wie.

Die Leute in der Bank würden ganz bestimmt nicht zehn Minuten auf dem Boden liegen bleiben. Wenn der Erste sich erhob, mussten sie weg sein.

»Schaff mir den Kerl vom Hals!«, schrie Toby Prado.

Es war ein Wunder, dass er und der andere unverletzt geblieben waren, als sie durch die Glastür gestürzt waren. Und auch jetzt verletzte sich wundersamerweise keiner von ihnen, obwohl sie sich durch die spitzen, gezackten Scherben wälzten.

Ralph tänzelte, als müsse er ganz dringend aufs Klo. Er wusste nicht, was er tun sollte. Die Gedanken sprangen wie übermütige Delfine durch seinen Kopf.

Sollte er Toby Prado beistehen? Oder sollte er sich die Tasche krallen, in den Toyota springen und allein das Weite suchen? Oder etwa auf den Mann, der Toby Prado festhielt, schießen?

Um Himmels willen, was fiel ihm denn da ein? Auf den Mann zu schießen war für ihn ebenso undenkbar wie Toby Prado im Stich zu lassen.

»Hilf mir!«, brüllte Toby. »Hilf mir doch endlich!«

Ralph packte zu, zerrte an dem Mann. Doch erst als er mit seinem Revolver zuschlug, ließ dieser seinen Freund los.

Toby Prado rappelte sich hoch, schnappte sich die Tasche und keuchte: »In den Wagen!«

Sie sprangen in den Toyota.

»Fahr los!«, verlangte Toby Prado ungeduldig.

»Was meinst du, was ich vorhabe?«

»Gib Gas!«

»Ja! Ja!«

»Wir müssen schnellstens weg von hier!«

Ralph Thornton gab Stoff. Die Räder drehten durch, die Reifen radierten laut quietschend und qualmend über den Asphalt, dann schoss der Wagen auf die Straße, so plötzlich, dass ihm ein anderes Fahrzeug ausweichen musste und einen entgegenkommenden Wagen rammte.

Die beiden Autos schrammten aneinander vorbei, Lack wurde zerkratzt, Blech beulte knallend ein, ein Seitenfenster zerbrach.

»Mann, pass um Himmels willen auf!«, herrschte Toby seinen Komplizen an.

Ralph Thornton versuchte sich zusammenzureißen, was ihm nur unter größter Mühe gelang. Er fuhr so, wie sie es zu Hause besprochen hatten. Er hätte sich daheim aber nicht träumen lassen, dass er dermaßen extrem aufgeregt sein würde.

Und sie hatten bei der Planung des Coups nicht damit gerechnet, dass der Sheriff sie verfolgen würde.

Das tat Bob Montoya aber. Mochte der Geier wissen, wo er so schnell herkam.

Auf einmal jaulten hinter den beiden Gangstern Polizeisirenen!

»Uff!«, stöhnte Ralph Thornton, als er den Polizeiwagen im Rückspiegel entdeckte. »Das Pferdegesicht ist hinter uns her.«

Toby Prado drehte sich nervös um. »Schneller!«, krächzte er. »Fahr schneller!«

»Wie schnell denn noch?«

»So schnell es geht.«

»Ich bin bereits am Limit.«

»Das reicht noch nicht. Der Sheriff kommt immer näher. Wir müssen ihn abhängen.«

Ralph fuhr mit vollem Risiko. Mit quietschenden Reifen musste er einem Wagen ausweichen, der aus einer kreuzenden Straße kam und eigentlich Vorfahrt gehabt hätte.

Hart riss Ralph das Steuer herum, während der andere Wagen scharf bremste und dadurch mitten auf der Straße zum Stehen kam, direkt vor Ralph und Toby!

Der Toyota schrammte an der Kühlerhaube des anderen Fahrzeugs entlang, riss ihm die Stoßstange ab, die gefährlich durch die Gegend wirbelte.

»Verdammt, pass auf!«, kreischte Toby entsetzt.

Ralph überholte ein vor ihm fahrendes Auto, schnitt den anderen Verkehrsteilnehmer so scharf, dass dieser das Steuer verriss und sein Wagen in ein geparktes Fahrzeug am Straßenrand krachte. Es gab eine Menge Blechschaden und Glas wirbelte umher.

»Nein, hör auf, du Idiot!«, schrie Toby.

Stattdessen wiederholte Ralph das riskante Überholmanöver, schnitt einen weiteren Wagen, dessen Fahrer ebenfalls vor Schreck das Steuer nach links riss.

Mit platzenden Vorderreifen knallte der Chevy über den Bordstein und rammte direkt die Auslagen eines Gemüsegeschäfts.

Ein paar Kunden konnten sich gerade noch in Sicherheit bringen. Tomaten und Salatköpfe flogen durch die Gegend, dicke saftige Melonen zerplatzten schmatzend auf dem Bürgersteig.

»S-t-o-o-o-o-p!«, brüllte Toby, dann warf er einen Blick durch die Heckscheibe, sah, dass der Sheriff noch immer hinter ihnen her war, und schrie: »Schneller! Schneller!«

Mit kreischenden Reifen flog der Toyota um eine Ecke und bog schlingernd in eine andere Straße ein.

Doch Bob Montoya ließ sich nicht so leicht abhängen und folgte den Verbrechern.

Fast hätte er dabei jedoch die Kontrolle über seinen fahrbaren Untersatz verloren. Das Heck brach gefährlich aus, krachte gegen ein geparktes Fahrzeug, doch dann war der Polizeiwagen wieder in der Spur und raste den Gangstern wie eine Rakete hinterher.

Ralph nahm erneut einem anderen Verkehrsteilnehmer die Vorfahrt. Dessen Auto kam mit kreischenden Bremsen gerade noch rechtzeitig zum Stehen, aber der Hintermann war nicht so aufmerksam und fuhr ihm direkt hinten rein.

Bei dem vorderen Fahrzeug wurde der Kofferraum eingedrückt, die Heckscheibe zerplatzte, beim hinteren flog die Motorhaube auf wie bei einer Explosion und Dampf zischte daraus hervor.

»O Mann!«, stöhnte Toby, mit den Nerven am Ende.

Dann krachte es hinter ihnen, und zwar ganz gewaltig.

Der Polizeiwagen war bei der rasanten Verfolgungsjagd ins Schlingern geraten, hatte ein entgegenkommendes Fahrzeug gerammt, war von der Aufprallwucht an einer Seite in die Höhe gerissen worden und flog quer über die Straße, um dann mit einem mächtigen Bums auf den Asphalt zu prallen.

Er überschlug sich einmal und blieb auf der Seite liegen. Im Rückspiegel sah Toby noch, wie der Sheriff angeschlagen und groggy aus dem Autowrack kletterte. Doch offenbar war Bob Montoya nicht schwer verletzt worden.

Den Verfolger hatten sie jedenfalls abgehängt ...

Die letzten Häuser von Cedar Hill blieben hinter Toby und Ralph zurück. Die Straße schlängelte sich an einem Flusslauf entlang.

»Wieso war der Bulle auf einmal da?«, stieß Ralph Thornton wütend hervor.

»Keine Ahnung.«

»Hat der gerochen, dass die Bank überfallen wird?«

»Vielleicht hat ein Angestellter den Alarm ausgelöst«, nahm Toby Prado an.

»Der Coup war eine blöde Idee.«

»Montoya hat uns aber nicht erwischt.«

»Aber er wird uns kriegen, und dann ...«

»Runter von der Straße!«, befahl Toby Prado. »Dort vorne! Links rein in den Wald!«

Ralph Thornton gehorchte.

Der Toyota schoss wie ein Torpedo in den Wald. Blätter klatschten gegen die Windschutzscheibe. Zweige schlugen auf das Dach, Äste zerkratzten den Lack des gestohlenen Fahrzeugs.

Dann streifte der Toyota mit hohem Tempo einen Baum. Der rechte Außenspiegel wurde wie mit einer Axt abgeschlagen. Blech knirschte. Glas splitterte.

Ralph Thornton riss erschrocken den Fuß vom Gaspedal. Die Fahrt durch den Wald war ihm etwas zu rasant.

Doch obwohl er nun nicht mehr Gas gab, wurde der Wagen nur unwesentlich langsamer, und dann verlor Ralph die Kontrolle über das Fahrzeug.

Das Lenkrad wurde ihm förmlich aus den Händen gerissen.

Vor ihnen tat sich eine steil abfallende Lichtung auf. Der Toyota hüpfte, tanzte und bockte ungelenkt darauf zu und Toby Prado und Ralph Thornton wurden wild hin und her geschleudert.

Und dann kam der Absturz.

Das Fahrzeug überschlug sich sieben oder acht Mal. Eine extrem zerstörerische Kraft wirkte auf den Wagen ein.

Die Türen flogen auf und wurden abgerissen.

Ralph Thornton bekam noch mit, dass die weißen Airbags aus ihren »Verstecken« platzten, gleichzeitig fühlte er sich von einer unsichtbaren Faust gepackt und aus dem Toyota gezerrt und segelte in hohem Bogen durch die Luft.

Die Landung, die diesen voll krassen Flug ohne Ticket beendete, war megahart. Und sie raubte Ralph Thornton urplötzlich das Bewusstsein.

Schwärze. Entspannung. Frieden.

Und keine Waldschrate.

Dann … Klatsch. Klatsch. Klatsch.

Jemand schlug immer wieder auf Ralph Thorntons Wangen.

»Ralph. *Ralph*!« Die Stimme war sehr eindringlich, sehr lästig. Und die Schläge waren sehr fest. »Komm zu dir, Ralph!«

Er öffnete lustlos die Augen.

Klatsch.

»Hör auf, mich zu schlagen«, ärgerte sich Ralph.

»Bist du okay?«, wollte Toby wissen.

»Was ist passiert?«

»Wir haben uns mit dem Toyota überschlagen. Du warst bewusstlos. Ich befürchtete schon, du wärst …«

»Was?«

»Tot.«

»Mir ist schlecht«, stöhnte Ralph Thornton.

»Vielleicht hast du eine Gehirnerschütterung. Kannst du aufstehen?«

»Weiß nicht.«

»Versuch's.«

»Lass mich noch ein bisschen liegen.«

»Das geht nicht. Montoya wird seine Deputys angefunkt haben, seine Hilfssheriffs. Und die werden den Waldweg finden, in den wir eingebogen sind. Wenn die hier aufkreuzen, müssen wir weg sein. Komm, ich helfe dir hoch.«

Toby zerrte den Komplizen auf die Beine.

Ralph Thornton stieß sogleich einen gequälten Schrei aus.

»Was ist los?«, fragte Toby alarmiert.

»Mein Knöchel. Er tut ganz irre weh.«

»Ist er verstaucht? Gebrochen?«

»Woher soll ich das denn wissen?«

»Wie auch immer, wir müssen uns aus dem Staub machen.« Toby Prado hob kurz den Kopf und lauschte. »Die Bullen kommen!«, stieß er aufgeregt hervor.

Laut hallten Polizeisirenen durch den Wald, und ihr Jaulen kam beängstigend rasch näher.

WO IST WINONA?

Chris war ganz aufgekratzt und wünschte dem Koch einen wunderschönen guten Morgen, als er sich zum Strafdienst in der Küche meldete, und Arthur Cronman halste ihm gleich wieder jede Menge Arbeit auf.

Macht nichts, dachte der »Sträfling« gelassen. Solange ich mit Winona zusammen sein kann, ist mir alles recht.

Noch war sie nicht da. Vielleicht hatte sie verschlafen. Aber sie würde sicher bald kommen, und dann würde er abermals eine echt gute Zeit mit ihr verbringen.

Das war natürlich irgendwie voll kitschig. Und trotzdem unheimlich schön. Es gab sehr vieles, worüber er mit ihr noch nicht gesprochen hatte. Die Gefahr, dass ihnen der Gesprächsstoff einmal ausgehen könnte, bestand gar nicht. Und das fand er supertoll.

Es verging eine Stunde. Dann noch eine. Winona glänzte beharrlich durch Abwesenheit.

Was ist mit ihr?, fragte sich Chris. Macht sie heute etwa blau?

Sie hatte ihm gestern nichts davon gesagt. War sie vielleicht krank?

Allmählich schlich sich bei ihm Unlust ein. Wenn Winona nicht in seiner Nähe war, machte ihm die Arbeit keinen Spaß.

Eine dritte Stunde verstrich, ohne dass sich Winona blicken ließ. Chris machte sich allmählich Sorgen.

Er fragte den Küchenchef, doch Arthur Cronman zuckte mit den Schultern und sagte: »Keine Ahnung, wo sie ist. Vielleicht hat Mr Elders sie nach Cedar Hill mitgenommen. Er hat da so einiges zu erledigen.«

Der Tag verging, und es wurde für Chris ein echt ätzender Tag ohne Winona Elders. Er verbrachte den Abend allein und in sich gekehrt.

Er wollte mit niemandem reden und niemanden sehen. Während die andern Schüler Boccia, Basketball, Badminton, Tischtennis, Fußball oder irgendetwas anderes spielten, saß er bekümmert am Ufer des Lake Norema auf einem morschen Baumstamm und blickte unverwandt auf den stillen See hinaus, dessen Oberfläche leicht gekräuselt war.

Er dachte daran, wie Winona ihm ihr geheimes Lieblingsplätzchen gezeigt und sich zum ersten Mal hatte küssen lassen.

Das war voll cool gewesen und hatte total starke Gefühle in ihm ausgelöst. Und heute ...

Chris seufzte. Der Tag war ohne Winona unbeschreiblich leer gewesen. Irgendwie unerfüllt – und nutzlos.

Als er zur Jugendherberge zurückkehrte, warfen einander dort Peter Carson, Mark Pollet und Ernie Kemp einander abwechselnd eine neongelbe Frisbeescheibe zu.

Es ging nie der Reihe nach. Man musste voll aufpassen, weil man die Scheibe auch zwei oder drei Mal hintereinander zugeworfen bekommen konnte und sie fangen musste.

»Chris!«, rief Mark. »Hey, Chris!«

Chris antwortete nicht und ging weiter auf das »Gruselschloss« zu.

Mark warf die Frisbeescheibe gegen Chris' Rücken. Sie fiel auf den Boden und blieb liegen. Er drehte sich nicht um, um sie aufzuheben.

Mark holte sie und lief ihm ein paar Schritte nach. »Möchtest du mitspielen, Chris?«

»Nein.«

»Hey, Mann. Bist du aus irgendeinem Grund sauer auf uns?«

»Lass die Zicke doch schmollen!«, rief Peter. »Wenn er mit uns nichts zu tun haben will, geht das voll in Ordnung. Wir haben es nicht nötig, uns bei ihm einzuschleimen.«

»Geht es dir gut, Chris?«, fragte Mark.

»Wirf die Scheibe her, Alter!«, verlangte Peter. »Nun mach schon! Wir sind in keinem Rentnerheim, sondern in einer Jugendherberge! Also, hopp, hopp!«

Sie spielten weiter, ohne dass Chris sich um sie kümmerte.

Er konnte sich nicht erklären, wieso Winona ihm nicht gesagt hatte, dass er sie an diesem Tag nicht sehen würde. Mit keiner einzigen Silbe hatte sie das auch nur angedeutet.

Er überlegte, ob er sie etwa beleidigt hatte. Hatte er etwas gesagt, das ihr missfallen hatte? Was konnte es gewesen sein?

Chris kam nicht drauf. Auch als er sich noch so sehr den Kopf darüber zerbrach.

Er hoffte auf den nächsten Tag. Wenn er Winona dann wiedersah, würde sich alles aufklären …

DIE NACHT DER GEISTER

Später, im Stockbett, konnte Chris lange nicht einschlafen. Zu viele Dinge gingen ihm durch den Kopf und hielten ihn wach.

Er dachte auch an Stella Corrington und deren hammermäßiges Jobangebot.

Das wäre voll der Brüller, wenn Winona es annehmen würde, dachte Chris, ganz stark hoffend, dass es dazu kam. Jeden Tag könnten wir uns dann sehen. Dreihundertfünfundsechzig Mal im Jahr. Und dreihundertsechsundsechzig Mal, wenn es ein Schaltjahr ist. Cool.

So träumte er vor sich hin und lag doch wach im Bett, während Peter, Mark und Ernie bereits schliefen.

Mark schnarchte unter ihm mit offenem Mund. Laut und rasselnd. Einen ganzen Wald sägte er um. Und er fand kein Ende. Als wollte er in dieser Disziplin Weltmeister werden.

Chris drehte sich mal nach links, mal nach rechts, mal lag er auf dem Rücken. Doch der Schlaf wollte sich einfach nicht einstellen.

Seine Gedanken kreisten immerzu um Winona. Unermüdlich. Während Stunde um Stunde verging.

Irgendwann setzte er sich seufzend auf, und ohne dass er es wollte, wanderte sein Blick zum Fenster.

Die Nacht war ätzend grau geworden. Vom See her wanderten schaurige Nebelgeister in kleinen Gruppen auf die Jugendherberge zu. Eine furchterregend aussehende Prozession war das.

Das ist kein Anblick für ängstliche Gemüter, ging es Chris durch den Sinn. Diese unheimlichen Gestalten kommen ganz schön bedrohlich daher. Sie sehen aus wie gefährliche Dämonen auf der Suche nach hilflosen Opfern. Ich möchte jetzt nicht unbedingt da draußen sein.

Ein kalter Schauer rieselte ihm bei diesem Gedanken über den Rücken. Er hatte zu Hause eine kleine Sammlung mit Horror-DVDs. Nicht diese billigen Blut- und Metzelfilme, die Spannung durch Ekel und Brutalität zu ersetzen versuchten, sondern echte Gänsehaut-Schocker, die einem die Haare zu Berge stehen ließen. Echt fette Scheiben waren darunter, die er sich immer wieder anguckte, weil sie so herrlich schaurig waren.

Die Nebelszenen, die in einigen von ihnen vorkamen, waren stets am gruseligsten.

Und jetzt wurde ihm so etwas sogar live geboten. War das nicht voll der Hammer?

Plötzlich zuckte Chris zusammen, als hätte er eine mächtige Stromladung verpasst bekommen.

»Wow!«, entfuhr es ihm. »Boah!« Er beugte sich vor. »Krass!« Seine Kinnlade klappte nach unten. »Das checkst du nicht!«

Er kniff ungläubig die Augen zusammen. Hatte er eine Halluzination oder schlich dort unten tatsächlich jemand durch die Nacht, mitten durch die Nebelgeister? Einer, der sich darauf verlassen konnte, dass ihm diese schmutziggrauen Spukbrüder nichts anhaben würden, weil er irgendwie zu ihnen gehörte?

Chris' Puls tickte sogleich um einiges schneller. Er strengte seine Augen an. Der Unheimliche war im Moment nicht zu sehen, weil er sich in einem der Gespenster befand. Das schaurige körperlose, ringsherum ausgefranste Wesen hüllte ihn total ein, von Kopf bis Fuß.

Chris' Geist schuf einige schreckliche Szenarien. Er meinte, den Unheimlichen entschlossen aus der Nebelgestalt hervortreten zu sehen. Mit grausamen, rot glühenden Augen wanderte der Typ anschließend an der Fassade der Jugendherberge hoch. Die Schwerkraft schien für ihn nicht zu existieren. Er ging mit festem, entschlossenem Schritt, stand im rechten Winkel von der Hauswand ab.

Und er kam direkt auf das Fenster von Zimmer 12 zu. Als wüsste er, dass dort noch jemand wach war. Als bildete er sich ein, in Zimmer 12 würde jemand auf ihn warten.

Chris spürte, wie ihm die Farbe aus dem Gesicht wich und Angst kroch ihm eiskalt in die Glieder. Sollte er Peter, Mark und Ernie wecken und sie auf die drohende Gefahr aufmerksam machen?

Was, wenn mir meine Sinne nur einen Streich spielen?, dachte er. Dann zieht mich Peter deswegen bis zum Ende unseres Aufenthalts hier in der Jugendherberge auf. Und wahrscheinlich auch noch, wenn wir wieder zu Hause sind.

Er schaute wieder aus dem Fenster – und stellte fest, dass der

Unheimliche verschwunden war. Wo war der Typ abgeblieben? Hockte er jetzt *über* dem Fenster? Lauernd. Böse grinsend.

Oder hatte er bereits das Dach erreicht und war geschmeidig durch eine offene Luke geschlüpft? Befand er sich inzwischen schon im Heim? Schlich er in diesem Moment total lautlos die Treppe herunter und den Gang entlang? Würde er gleich mit seinen spitzen Fingernägeln an der Tür kratzen, Chris' Namen flüstern und verlangen, er möge herauskommen?

Durch Chris' Adern floss mit einem Mal Eiswasser.

Mensch, reiß dich gefälligst zusammen!, ermahnte er sich energisch. Was du dir da so zusammenspinnst, ist ja nicht mehr feierlich. In Wirklichkeit gibt es solche Kreaturen nicht, das weißt du. Also wovor fürchtest du dich, Alter? Außer dass ein paar zerfledderte Nebelfetzen um das Haus fliegen, ist alles easy, alles cool.

Ein Teil von ihm wollte das auch bereitwillig glauben. Doch der andere Teil sprach trotzig dagegen: *»Teufel, Dämonen und Monster gibt es sehr wohl. Auch wenn du es nicht wahrhaben willst. Wie anders wäre es zu erklären, dass auf der ganzen Welt immer wieder Menschen spurlos verschwinden und nie mehr auftauchen? Das Böse hat sie sich geholt. Sie wurden Opfer jener finsteren Mächte, die es deiner Ansicht nach nicht gibt.«*

Auf dem Flur knarrte eine Diele.

Chris erschrak. Das hatte er sich jetzt aber ganz bestimmt nicht eingebildet. Dort draußen war tatsächlich jemand unterwegs.

Um Mitternacht. Zur Geisterstunde …

Er fröstelte. Sein Blick wanderte zur Tür. Er hatte voll die Angst, ohne eigentlich zu checken, wovor. Etwa vor der unheimlichen Kreatur, die er vorhin durch die Nebelgeister hatte schleichen sehen?

Das Gefühl, dass jemand in diesem Moment direkt vor der Tür stand, wurde in ihm immer stärker, und das war ein echt mieses Gefühl.

Jede Wette, dass da draußen einer ist, dachte Chris. Ob mein Judo ausreicht, ihn zu überwältigen, wenn er hereinkommt?

»Pst!«, machte er. »Pst! Peter!«

Peter hörte ihn nicht.

Der Türknauf drehte sich.

»Pst!«, machte Chris wieder, total nervös.

Die Tür öffnete sich Zentimeter um Zentimeter.

»Peter!«

Die Tür bewegte sich auf einmal nicht weiter.

Er hat mich gehört, dachte Chris und ballte die Hände zu Fäusten. Jetzt wagt er sich nicht herein. Weil wir nicht, wie er gedacht hat, alle schlafen.

Die Tür schloss sich langsam wieder. Und dann passierte nichts mehr. Es folgte eine lang anhaltende, total friedliche Stille.

Chris beruhigte sich allmählich. Schließlich legte er sich wieder hin.

Vielleicht war's bloß ein Schlafwandler, sagte sich Chris. Der arme Knilch ist, ohne es zu wissen, durch den dunklen Flur getappt, und als er dann zurück in sein Bett wollte, hat er sich in der Tür geirrt. Ich habe mich für nichts und wieder nichts so megakrass aufgeregt, dachte er dann. Geh mal zum Doktor und lass deine Nerven checken, Junge ...

Chris schloss die Augen und befasste sich wieder mit etwas viel Erfreulicherem.

Mit Winona Elders.

Morgen, dachte er. Morgen werde ich sie wiedersehen. Winona, süßer Schnuckel.

Bei dem Gedanken musste er grinsen. So durfte er sie in ihrer Gegenwart niemals nennen.

Er sah ihr hübsches, wohlgeformtes Gesicht ganz nah vor sich. Er hätte sie am liebsten geküsst. Aber sie war ja leider nicht wirklich bei ihm, sondern nur in seiner Vorstellung.

Sie lächelte sanft und voller Zuneigung, und ihm wurde echt warm ums Herz.

War er noch wach? Oder träumte er schon? Er wusste es nicht. Und sein Geist war viel zu müde, um sich noch länger mit dieser Frage zu beschäftigen.

Winonas Gesicht entfernte sich ganz langsam von ihm. Er wollte das nicht, aber er konnte es nicht verhindern.

Bleib, bedrängte er sie im Geist. Bleib doch noch ein wenig.

Sie hörte plötzlich auf zu lächeln, wurde aus irgendeinem unerfindlichen Grund ganz traurig. Und nicht nur das: In ihren wunderschönen Augen erschien mit einem Mal Angst.

»Wovor fürchtest du dich, Winona?«, murmelte Chris, ohne es richtig mitzubekommen.

Sie streckte verzweifelt die Hände aus. *»Hilf mir, Chris«*, flehte sie. *»Bitte hilf mir.«*

Sie löste sich auf, war nicht mehr zu sehen. Er hörte nur noch ihre angsterfüllte Stimme.

»Hilfe! Hilfe! H-i-l-f-e-!«

Erschrocken fuhr er hoch. »Winona!«

Verstört starrte er in die Dunkelheit. Kalte Schweißperlen standen ihm auf der Stirn.

War Winona in Schwierigkeiten? Hatte er sie tatsächlich um Hilfe rufen gehört? Oder hatte er das lediglich geträumt?

Gespannt lauschte er in die undurchdringliche schwarze Stille, die den Raum bis in den letzten Winkel füllte.

Winona Elders rief nicht noch mal um Hilfe.

Hatte sie es wirklich nur in seinem Traum getan? Brauchte er sich keine Sorgen um sie zu machen? Ging es ihr gut?

ÜBERRASCHUNG AM MORGEN

Es verbreitete sich wie ein Lauffeuer: Alan Jones von Zimmer 11 war in der Nacht bestohlen worden. Jemand hatte sich seine Armbanduhr unter den Nagel gerissen, während er geschlafen hatte.

Keine gewöhnliche Uhr, sondern eine, die eher zu James Bond gepasst hätte. Eine, mit der man echt tief tauchen konnte, die einem anzeigte, wie spät es gerade in Sydney, Paris oder Hongkong war, mit der man Radio hören, MP3-Songs abspielen und sogar fotografieren konnte.

Alan war sehr stolz auf dieses wertvolle Stück gewesen und er war ziemlich sauer, dass man es geklaut hatte.

Dexter Grey hatte eine voll finstere Miene aufgesetzt, als er die Schüler wissen ließ, dass er grundsätzlich niemanden verdächtige, dass er es jedoch sehr schätzen würde, wenn der extrem teure Chronometer wieder auftauchen würde.

Chris überlegte, ob er Mr Grey von seiner nächtlichen Wahrnehmung erzählen sollte. Immerhin hatte er einen unheimlichen Mann durch die gruseligen Nebelschwaden gehen sehen. Und dann hatte er auf dem Flur eine Diele knarren gehört und die Tür zu Zimmer 12 war geöffnet worden. Und Winona hatte um Hilfe gerufen.

Aber war das alles wirklich geschehen und gehört, oder hatte er es sich nur eingebildet?

Er schwieg, weil er sich nicht blamieren wollte. Denn wenn das alles nur seiner Fantasie entsprungen war, wenn nichts den Tatsachen entsprach, würden sich alle über ihn schief und scheckig lachen. Und darauf war es alles andere als scharf.

Während er noch mit sich haderte, stellte sich heraus, dass Alan Jones gar nicht bestohlen worden war. Die Uhr, die er vor dem Schlafengehen immer abnahm, war irgendwie unter die Matratze gerutscht.

Alan entschuldigte sich mit hängenden Schultern bei Mr Grey, weil er damit indirekt in den Raum gestellt hatte, dass möglicherweise einer seiner Mitschüler ein gemeiner Dieb sein könnte.

Die Sache war schnell vergessen. Nur Chris knabberte noch weiter daran, weil dadurch alles, was er in der Nacht gesehen und erlebt zu haben glaubte, wie ein Kartenhaus in sich zusammenfiel.

Es war kein unheimlicher Mann an der Fassade der Jugendherberge hochgewandert. Niemand war durch eine offene Dachluke geschlüpft. Keiner hatte die Tür von Zimmer 12 geöffnet. In Wirklichkeit war überhaupt nichts passiert.

Auch Winona hatte nicht um Hilfe gerufen. Das kam für ihn unterm Strich heraus.

Aber dann erfuhr er in der Küche von Arthur Cronman, dass er einiges an Nahrungsmitteln vermisste. Brot, Wurst, Käse, Speck.

»Da hat sich anscheinend ein hungriges Mäuschen am Kühlschrank zu schaffen gemacht«, sagte der Koch mit gerunzelter Stirn. »Wenn sich das wiederholt, muss ich Mr Elders Meldung machen.«

Für Chris erschienen die schaurigen Vorfälle der letzten Nacht daraufhin sofort wieder in einem total anderen Licht.

War möglicherweise doch jemand durchs Haus geschlichen? Und hatte er heimlich in der Küche seinen Hunger gestillt?

Chris bekam Winona Elders wieder nicht zu Gesicht. Er war ziemlich enttäuscht und fand das in höchstem Maße befremdend. Das Mädchen war nicht so verantwortungslos, dass sie ihre Arbeit einfach liegen ließ. Irgendetwas konnte da nicht stimmen.

Winona lässt sich nicht zuerst von mir küssen und verschwindet dann sang- und klanglos aus meinem Leben, als würde ich ihr überhaupt nichts bedeuten, dachte er. Das gibt es nicht. Das ist unmöglich.

Er musste dieses seltsame Rätsel lösen. Wenn er bloß gewusst hätte, wie.

Nachdem Chris seinen Küchendienst abgeleistet hatte, musste er mit einem Kunststoffeimer ausrücken und rings um das Heim herum alles einsammeln, was die Schüler oder sonst wer weggeworfen hatten.

Das war ebenso langwierig wie langweilig. Und vom vielen Bücken tat Chris bald der Rücken weh. Aber selbst damit würde Dexter Grey ihn nicht weich bekommen.

Ich habe mir nichts zuschulden kommen lassen, habe mir

nichts vorzuwerfen, sagte er sich. Also brauche ich auch nicht klein beizugeben, Mr Grey.

Als er plötzlich Schritte hörte, richtete sich Chris ächzend auf und drehte sich um. Und sah den Heimleiter, der in einiger Entfernung mit gesenktem Kopf und finsterer Miene zügig an ihm vorbeigehen wollte.

»Mr Elders!«

»Was gibt's?«, fragte Stuart Elders kühl. »Ich hab's eilig. Wenn du diese Arbeit nicht machen möchtest, musst du dich bei deinen Lehrern beschweren. Ich bin jedenfalls nicht die richtige Adresse dafür.«

Chris schüttelte den Kopf. »Ich möchte mich nicht beschweren, Sir.«

»Sondern?«

Chris richtete den Blick auf die breite, im Schatten liegende Fassade der Jugendherberge. »Haben Sie den Eindruck, dass alles in Ordnung ist, Sir?«

»Wie – wie meinst du das?«, stammelte der Heimleiter nervös. Chris' Frage schien ihm nicht zu behagen. »Was sollte deiner Meinung nach nicht in Ordnung sein?«

Chris hob die Schultern. »Ich glaube, ich habe heute Nacht jemand hier draußen gesehen.«

»Du *glaubst*?«

»Na ja, es war nebelig und ...«

Stuart Elders warf einen angespannten Blick auf seine Armbanduhr, um Chris damit zu zeigen, dass er keine Zeit hatte.

»Vermutlich hat dir deine Fantasie einen Streich gespielt«, murmelte er. »Nachts geht hier draußen niemand spazieren.«

»Aber in der Küche sind auch Lebensmittel verschwunden, Sir.«

Der Heimleiter winkte ab. »Das ist in der Vergangenheit öfter schon mal vorgekommen.«

Warum tut er das?, fragte sich Chris argwöhnisch. Warum verharmlost er das alles? Wieso ist er so fahrig? Und woher kommen diese Schatten unter seinen Augen?

Es fiel dem Heimleiter offensichtlich schwer, den Jungen anzusehen. Hatte er etwas zu verbergen? Sagte er nicht die Wahrheit?

»Sonst noch was?«, fragte Elders ungeduldig.

»Ja, Sir.« Chris atmete tief ein und fasste sich ein Herz. »Ich würde gern wissen, was mit Winona ist, Mr Elders.«

»Wieso?« War Stuart Elders soeben blass geworden? Wieso zuckten seine Augenlider auf einmal so hektisch? »Was soll mit meiner Tochter sein?«

»Dürfte ich erfahren, wo sie ist, Sir?«

Elders zog unwillig die Augenbrauen zusammen, sodass sich über seiner Nasenwurzel eine tiefe Falte bildete. »Würdest du mir verraten, warum ich dir das sagen sollte?«

War das nicht eine höchst eigenartige Reaktion auf eine ganz gewöhnliche Frage?

»Wir haben uns angefreundet und ...«

»Sie ist zu Verwandten gefahren«, platzte Elders unwirsch in Chris' Wort.

ACTION ZONE

»Ohne mir was zu sagen?«, fragte der Junge skeptisch.

Elders musterte ihn abschätzig. »Hätte sie sich etwa bei dir abmelden sollen? Kann sie ihre Verwandten nicht besuchen, wann immer sie Lust dazu hat? Oder hätte sie dich zuerst um Erlaubnis fragen müssen? Findest du nicht, dass das ein bisschen zu weit geht, Junge?«

Chris räusperte sich verlegen. »Ich mache mir Sorgen um Winona, Sir«, rechtfertigte er sich. »Ich dachte, sie wäre vielleicht krank.«

Stuart Elders fuchtelte hektisch mit der Hand in der Luft herum. »Deine Sorgen sind völlig unbegründet«, behauptete er nicht sehr überzeugend. »Es ist alles in bester Ordnung. Winona ist gesund und wird in ein paar Tagen wieder hier sein.«

Wieso hörte sich das wie eine total fette Lüge an? Jedenfalls war Chris superargwöhnisch geworden. Aber aus welchem Grund sollte der Heimleiter nicht die Wahrheit sagen? Was versuchte er zu verbergen?

Ich glaube Ihnen nicht, Mr Elders, dachte Chris. Wenn Sie an meiner Stelle wären und in Ihre Augen sehen könnten, würden Sie das auch nicht tun. Sie können mich nicht täuschen. Sie sehen aus, als hätten Sie Angst.

Angst – vielleicht um Winona? Befürchtete Elders, dass es seine Tochter in irgendeiner Form ausbaden muss, wenn Chris zu neugierig war und zu viele Fragen stellte? Schützte er sein Kind mit diesen extrem krassen Unwahrheiten?

Stuart Elders beendete das für ihn so unbequeme Gespräch,

indem er wuselig auf den Boden zeigte und sagte: »Jetzt setz deine Arbeit fort. Sonst bist du in drei Tagen noch immer nicht damit fertig!«

Dann entfernte er sich mit raschem Schritt, verschwand in der Jugendherberge, und Chris sah wenig später, wie er im Erdgeschoss das Fenster seines Büros öffnete.

Chris setzte seine geisttötende Tätigkeit lustlos fort. Die Unterhaltung mit Winonas Dad hatte ihn nicht beruhigt, sondern *beunruhigt*.

Er machte sich jetzt noch mehr Sorgen um Winona als vorher. Berechtigte Sorgen, wie er meinte. Weil sich Mr Elders voll unnormal verhalten hatte.

BEGNADIGT

Chris' Eimer war inzwischen so voll geworden, dass nichts mehr hineinpasste. Er ging zu den hinter einer Ligusterhecke stehenden Mülltonnen, um sich von seinem kunterbunten Sammelgut zu trennen.

Drei Viertel der Fläche um die Jugendherberge herum waren mittlerweile so gut wie fusselfrei. Ein Viertel fehlte noch. Dann durfte Chris seinen ach so verantwortungsvollen Job als beendet betrachten.

Mal sehen, was sich Mr Grey morgen einfallen lässt, um mich in die Knie zu zwingen, dachte er, während er den Eimer abstellte und die Mülltonne schloss.

Das Knirschen von Autoreifen veranlasste ihn, sich umzudrehen und hinter der Hecke hervorzutreten. Er sah ein Polizeifahrzeug, eingehüllt in eine dicke Staubwolke. Es brauste heran, hielt direkt vor dem Eingang der Jugendherberge und ein uniformierter Mann mit Pferdegesicht stieg aus. Er streifte Chris mit einem oberflächlichen Blick und betrat sodann das Heim.

Ganz klar, dass Chris' Neugier sofort geweckt war. Er nahm seinen Eimer auf und setzte seine Arbeit direkt vor dem Fenster des Heimleiters fort.

Okay, es gehört sich nicht, das Gespräch anderer zu belauschen. Aber in diesem speziellen Fall fand Chris das voll in Ordnung.

Er erfuhr auf diese Weise, dass zwei bewaffnete Maskenmänner die Bank in Cedar Hill überfallen hatten. »Einer der beiden heißt Toby«, sagte Sheriff Montoya soeben.

»Wieso wissen Sie das?«, erkundigte sich Stuart Elders mit belegter Stimme.

»Sein Komplize hat ihn so genannt«, sagte der Sheriff. »Während des Überfalls in der Bank.«

»Haben sie von ihren Waffen Gebrauch gemacht?«, wollte Elders wissen.

»Sie haben um sich geballert. Zum Glück wurde niemand verletzt. Aber während der anschließenden Verfolgungsjagd kam es zu einer Menge Blechschaden.«

Chris hob einen verbogenen Kronenverschluss auf und legte ihn ganz behutsam und völlig lautlos in den Eimer, um zu verhindern, dass man ihn, den heimlichen Lauscher, bemerkte.

»Jetzt wurde die Bank bereits zum zweiten Mal überfallen«, sagte der Sheriff. »Und diesmal haben die Tätern fast 300.000 Dollar erbeutet.«

Chris hätte beinahe laut durch die Zähne gepfiffen.

»Es war doch ein Wachmann da«, sagte Mr Elders.

»Hätte er sich vielleicht erschießen lassen sollen?«, entgegnete Sheriff Montoya. »Wegen 300.000 Dollar?«

»Das natürlich nicht. Aber …« Stuart Elders sprach nicht weiter.

ACTION ZONE

»Der Überfall dauerte nur wenige Minuten«, fuhr der Sheriff grimmig fort. »Ich war gerade auf Patrouillenfahrt, als die Maskierten aus der Bank kamen. Sie sprangen in ihren Toyota und brausten los. Ich hinterher. Es gelang ihnen, mich ... nun ja, abzuhängen. Doch später entdeckten meine Deputys, die ich über Funk verständigt hatte, den Waldweg, in den sie eingebogen waren – und wenig später auch das Wrack des völlig demolierten Fluchtwagens. Die Gangster hatten sich mehrmals überschlagen. Das Fahrzeug war leer und die Bankräuber waren verschwunden.«

»Und die Beute?«, fragte Elders.

»Auch.«

Obwohl der Boden vor dem Bürofenster schon total sauber war, »arbeitete« Chris an dieser Stelle eifrig weiter. Und er spitzte dabei die Ohren, damit ihm nur ja nichts entging.

Was er zu hören bekam war echt voll krass.

Stuart Elders räusperte sich. »Darf ich erfahren, warum Sie hier sind, Sheriff?«

»Um Sie zu fragen, ob Ihnen in letzter Zeit irgendetwas Ungewöhnliches aufgefallen ist«, antwortete Montoya.

»Mir?« Es klang verwundert, aber auch ein wenig unsicher und nervös, wie Chris fand.

»Ihnen oder sonst jemandem«, sagte der Sheriff. »Die Täter sind nicht weit von hier verunglückt. Sie mussten ihre Flucht zu Fuß fortsetzen. Kann sein, dass sie verletzt sind.«

»Wieso nehmen Sie das an?«

»So wie der Fluchtwagen der Gangster jetzt aussieht, kann man fast davon ausgehen. Ich könnte mir vorstellen, dass die Räuber sich irgendwo versteckt haben. Vielleicht hier.«

»*Hier*?«, fragte Stuart Elders so übertrieben verblüfft, dass Chris sich wunderte, dass es dem Sheriff nicht auffiel. »In einer *Jugendherberge*?«

»Warum nicht?«, fragte Montoya zurück. »Vielleicht gehen sie davon aus, dass man sie hier nicht suchen würde.«

»Ich muss Sie leider enttäuschen, Sheriff«, sagte Stuart Elders heiser. »Hier haben sich die Bankräuber ganz sicher nicht versteckt. Sie hätten sich den Weg sparen können.«

»Es ist meine Pflicht, alle erdenklichen Möglichkeiten gewissenhaft zu prüfen«, erklärte Montoya. »Wäre ja nicht gerade feierlich, würden die Maskenmänner mit ihrem frechen Coup durchkommen, oder?«

»Natürlich nicht.«

Chris hob einen abgerissenen braunen Schnürsenkel auf und ließ ihn wie einen toten Wurm in seinen Eimer fallen.

Der Sheriff atmete im Büro des Heimleiters schwer aus und sagte: »Kann nicht schaden, die Augen offen zu halten. Immerhin sind die Täter bewaffnet. Sollte Ihnen auch nur das Geringste auffallen, unternehmen Sie nichts, sondern rufen Sie mich umgehend an.«

Stuart Elders versprach, sich daran zu halten. »Hoffentlich erwischen Sie die Kerle, Sheriff«, ergänzte er. »Ich drücke Ihnen ganz fest die Daumen.«

Montoya verabschiedete sich. Als er wenig später aus der Jugendherberge trat, hatte Chris seinen Horchposten nahe dem offenen Bürofenster bereits verlassen und suchte den Boden an einer anderen Stelle gewissenhaft nach Dingen ab, die dort nicht herumliegen sollten.

Der pferdegesichtige Sheriff stieg in seinen Wagen, startete den Motor und fuhr los.

Einen Moment war Chris versucht, die Hand zu heben, damit der uniformierte Gesetzeshüter noch mal anhielt.

Doch dann unterließ er es, weil er nicht wusste, was er dem Sheriff sagen sollte. Etwa, dass Mr Stuart Elders ein krasser Lügner war? Dass er sehr viel mehr wusste, als er zugab? Dass er vielleicht sogar mit den Bankräubern unter einer Decke steckte?

Chris erschrak. »Stopp, Junge!«, murmelte er und schüttelte heftig den Kopf. »Das geht echt zu weit. So darfst du von Winonas Dad nicht denken.«

»Chris.«

Er fuhr herum und erblickte Dexter Grey, der bis auf wenige Schritte an ihn herangekommen war, ohne dass er ihn gehört hatte. »Ja, Sir?«

»Führst du Selbstgespräche?«, fragte der Lehrer.

»Äh …«

»Bist du fertig?« Grey zeigte auf den Boden.

Chris nickte. »Ja, Sir.«

»Ich denke, das reicht«, sagte Mr Grey.

Chris sah ihn unsicher an. »Wie meinen Sie das, Sir?«

»Ab morgen bist du wieder bei allem, was wir unternehmen, dabei«, erklärte der Lehrer.

Das verwunderte Chris total. Er hatte immerhin nicht klein beigegeben. Wieso ließ Mr Grey auf einmal Milde walten? So voll aus heiterem Himmel?

Chris hatte ihm schließlich nicht verraten, wie Owen Segal zu seinem Veilchen gekommen war. Dexter Grey hatte also echt keinen Grund, ihn zu begnadigen.

Ein schmales Lächeln hellte die Züge des Lehrers auf. »Ich weiß inzwischen auch so, was ich wissen wollte.«

»Von wem?«, fragte Chris völlig platt.

»Owen war bei mir und hat gebeichtet«, sagte Dexter Grey. »Er wollte nicht, dass du seinetwegen noch länger bestraft wirst.« Er nickte anerkennend. »Bist ein harter Brocken, Chris Hatcher. Und hast einen starken Willen. Vielleicht sollte ich es nicht sagen, aber ...« Er nickte abermals. »Es imponiert mir, wenn sich einer nicht unterkriegen lässt. So kann man es im Leben weit bringen.«

Chris war voll von den Socken. Mit solchen Worten aus Mr Greys Mund hätte er nie und nimmer gerechnet. »Danke, Sir«, sagte er hocherfreut.

Der Lehrer lächelte versöhnlich. »Und jetzt ab mit dir zu den andern.«

»Okay, Sir«, stieß Chris hastig hervor. »Und nochmals danke, Mr Grey.«

VERBÜNDETE

»Cool! Hat sich unser gestrenger Mr Grey an dir die Zähne ausgebissen!«, sagte Peter während des Abendessens. Es gab Hühnerbrühe, Pizza und Schokoladepudding.

Peter grinste Chris anerkennend an. Chris war in den letzten Tagen wegen seines beharrlichen Schweigens in der Achtung aller gestiegen.

»Wer möchte meinen Schokopudding?«, fragte Ernie Kemp in die Runde.

Peter richtete seinen Blick auf ihn. »Magst du etwa keinen Pudding?«

Ernie rümpfte die Nase, als wäre der Pudding mit Petroleum beträufelt worden.

»Ich darf sowas nicht essen«, antwortete er. »Wegen meiner Haut. Hab auch so schon genug Pusteln. Wenn ich den esse, erkenne ich mich morgen im Spiegel selbst nicht wieder.«

»Kannst einem echt leid tun«, bemerkte Peter. Es war so ernst gemeint, wie es klang. Er sah Chris und Mark, die mit am Tisch saßen, an und fragte: »Hat jemand von euch Interesse an Ernies Pudding?«

Die beiden verneinten.

»Okay. Dann gehört er mir. Schieb rüber die Kalorienbombe, Ernie.«

Nach dem Essen sagte Chris zu Peter, er müsse ihn dringend unter vier Augen sprechen. Peter hatte nichts dagegen.

Sie verließen die Jugendherberge und Chris schlug vor, ein paar Schritte zu gehen. Sie schlenderten Richtung See.

»Was ich dir jetzt erzählen werde, muss unter uns bleiben, okay?«, begann Chris.

»Ich halte mindestens ebenso zuverlässig dicht wie du«, behauptete Peter.

Chris nickte, zum Zeichen, dass er Peter glaubte. »Wir waren bisher selten mal einer Meinung, und manchmal könnte man denken, wir wären regelrechte Feinde«, sagte er.

»Na ja, ›Feinde‹ ist ein zu krasses Wort«, meinte Peter. »Sagen wir Konkurrenten. Oder besser noch: Rivalen.«

»Wie auch immer«, sagte Chris, »ich bin der Meinung, dass wir uns auch gegenseitig prima ergänzen könnten.«

»Starke Ansage.« Peter blieb stehen. »Und was heißt das konkret?«

Chris blieb ebenfalls stehen. »Ich brauche deine Hilfe, Peter.«

»Wobei?«

»Wir sind Judokas. Wir können kämpfen.«

Peter lachte, wurde dann aber sofort wieder voll ernst. »Und gegen wen willst du kämpfen?«

Sie gingen weiter und Chris erzählte Peter die haarsträubendste Story, die dieser je gehört hatte. Sie strotzte vor Annahmen,

Mutmaßungen und Rückschlüssen, die nicht unbedingt richtig sein mussten. Es war total abgefahren, was sich Chris da zusammengekleistert hatte.

Am Ufer des Lake Norema setzten sie sich auf den morschen Baumstamm, auf dem Chris gehockt hatte, als er über Winonas Verschwinden nachgegrübelt hatte, und Peter sagte mit ernster Miene: »Darf ich zusammenfassen? Nur, damit ich sicher sein kann, dass ich dich auch richtig verstanden habe.«

Chris nickte. »Okay.«

»Zwei bewaffnete Maskenmänner überfallen in Cedar Hill die Bank und hauen mit 300.000 Dollar Beute ab, doch sie überschlagen sich mit ihrem Fluchtfahrzeug hier in der Nähe im Wald und setzen die Flucht zu Fuß fort. Und jetzt kommt der Hammer: Sie schnappen sich Winona Elders und erpressen ihren Dad. Entweder sie dürfen sich in der Jugendherberge verstecken oder Winona passiert was. Du siehst in der Nacht aus dem Fenster, bemerkst einen der beiden Verbrecher und hörst Winonas Hilferufe, die deiner Ansicht nach aus dem Keller kam. Und aus dem Küchenkühlschrank verschwinden Nahrungsmittel, weil sich die beiden Gangster damit versorgen.«

Chris zog mit dem Fuß eine Furche in die weiche Erde. »Krasse Story, was?«

Peter nickte. »Kannst du laut sagen.«

»Sie muss nicht stimmen.«

»Aber sie könnte.«

Chris zog eine zweite Furche. »Ich lege gern noch eins drauf.«

Peter sah den Klassenkameraden überrascht an. »Echt?«

»Alans supercoole Uhr«, sagte Chris.

»Ja?«

»Es hieß zuerst, sie wurde geklaut. Dann fand sie sich unter der Matratze wieder. Ich sage: Die Uhr wurde tatsächlich gestohlen, dann aber zurückgegeben.«

»Und warum das?«

Chris hob die Schultern. »Was weiß ich? Vielleicht hat der eine Räuber nicht gutgeheißen, was der andere tat. Weil die Sache zu viel Staub aufgewirbelt hat.«

Peter grinste. »Ist ja auch voll blöd, eine Uhr zu klauen, egal, wie viel die wert ist, wenn man auf der Hälfte von 300.000 Bucks sitzt.«

»Der Langfinger wollte sich übrigens zuerst in unser Zimmer schleichen, zog sich aber zurück, als er merkte, dass ich wach war.«

»Wieso hast du nicht schon früher darüber gesprochen?«

»Hätte man mir denn geglaubt?«, fragte Chris. »Ich hätte das alles doch ebenso gut träumen können. Inzwischen bin ich aber ziemlich sicher, dass die krasse Geschichte echt passiert ist. Nun ja«, schränkte er ein, »jedenfalls so oder so ähnlich.«

»Ist ja 'ne ultrascharfe Story«, meinte Peter beeindruckt. »Bankräuber im Keller einer Jugendherberge. Und die Tochter des Heimleiters ist ihre Geisel.«

Sie schwiegen eine Weile. Schließlich fragte Chris: »Kann ich mit dir rechnen, Peter? Hilfst du mir?«

»Logo.« Peters Stimme strotzte vor Entschlossenheit. »Was immer du vorhast, ich bin dabei, Alter.«

»Die Sache kann gefährlich werden.«

»Dann müssen wir eben vorsichtig sein.«

»Die Maskenmänner sind bewaffnet.«

Peters Blick verfinsterte sich, als er mit rauer Stimme sagte: »Wir werden ihnen alles wegnehmen. Die Kugelspritzen. Die Beute. Und Winona Elders.«

IN DER HÖHLE DES LÖWEN

Sie beschlossen, ihre möglicherweise sehr riskante Aktion zu starten, sobald in der Jugendherberge Ruhe eingekehrt war und alle schliefen. Niemand sollte vorzeitig davon erfahren. Auch Mark Pollet und Ernie Kemp nicht.

Chris und Peter gingen, wie jeden Abend, beizeiten zu Bett. Aber an Schlaf dachten sie nicht. Eine aufregende Nacht lag vor ihnen, und was sie vorhatten, konnte brandgefährlich für sie werden.

Chris dachte an Winona, die sich sehr wahrscheinlich in der Gewalt der zum Äußersten entschlossenen Verbrecher befand. Gefesselt. Geknebelt. Diesen gefühllosen Unholden auf Gedeih und Verderb ausgeliefert. Von grauenvollen Ängsten geplagt.

Voll ätzend war das …

»Chris.« Das war Peter. Ganz leise. Nur zu hören, wenn man wach war.

»Ja«, gab Chris ebenso leise zurück.

»Wie lange willst du noch warten?«

»Bist du bereit?«

»Von mir aus kann's losgehen.«

»Na dann …« Chris verließ das Bett und schlüpfte in seine Jeans.

Auch Peter zog sich an. Dann stahlen sie sich aus dem Zimmer.

Die Stille auf dem Flur war bleischwer, fast erdrückend. Am Ende des Ganges befand sich ein Fenster. Fahles Mondlicht flutete herein.

Die Freunde schlichen hintereinander zur Treppe. Chris erreichte sie als Erster. Er blieb kurz stehen, um zu lauschen.

Nichts regte sich, nicht das leiseste Geräusch drang an sein Ohr. Alles war voll okay.

Chris setzte seinen Fuß auf die erste Stufe. Sie knarrte leise. Er ärgerte sich deswegen, aber er konnte das verräterische Geräusch nicht mehr ungeschehen machen und nur noch hoffen, dass niemand es gehört hatte.

Peter ließ die knarrende Stufe aus. Er stieg über sie hinweg und folgte dem Freund. »Wenn die wirklich Winona in ihrer Gewalt haben, müssen wir höllisch auf der Hut sein«, raunte er Chris zu.

Chris sagte nichts. Er war voll konzentriert.

Sie langten im Erdgeschoss an. Ein Großteil der Bodenfliesen war mit einem Teppich bedeckt, der seine besten Zeiten längst hinter sich hatte. Aber er schluckte noch immer brav jeden Schritt, und das kam Chris und Peter im Moment sehr entgegen.

Sie erreichten den Kellerabgang völlig lautlos. Als würden ihre Füße den Boden nicht berühren.

Bevor Chris die Tür öffnete, wechselte er rasch einen Blick mit seinem Freund.

Peter nickte mit grimmiger Entschlossenheit. »Packen wir's, Alter.«

Sie öffneten die Tür. Die Luft, die ihnen entgegenwehte, war kühl und roch irgendwie muffig und feucht. Chris fröstelte ein wenig.

Es war dunkel. Aber nicht so sehr, dass man nichts mehr sehen konnte.

Während Chris die Treppe hinunterschlich, dachte er: Dies ist die Stunde der Wahrheit. Bald werden wir wissen, ob ich mir die ganze Gangsterstory nur zusammenfantasiert habe oder nicht.

Nachdem er die letzte Stufe hinter sich gelassen hatte, blieb er abrupt stehen.

»Was ist?«, fragte Peter unmittelbar hinter ihm.

»Stimmen«, flüsterte Chris. »Ich glaube, ich habe Männerstimmen gehört.«

»Dann lass uns mal Hallo sagen.«

Chris wandte sich nach links. Er tastete sich an der rauen Wand entlang. Seine Nerven waren straff gespannt. Der Ausgang dieser heiklen Mission war mehr als ungewiss.

Sollten sie tatsächlich auf die Bankräuber stoßen, konnte das für sie und vielleicht auch für Winona ein echt schlimmes Ende nehmen. Immerhin hatten die Kerle in der Bank um sich geschossen.

Mit Judo und Jiu-Jitsu kann man im Ernstfall zwar vieles erreichen, aber gegen eine schnelle Kugel ist man machtlos.

Unter einer geschlossenen Tür lag ein heller Lichtbalken. Jetzt war der Schatten von Füßen zu sehen. Chris und Peter pressten sich sogleich gegen die Wand.

Würde die Tür gleich geöffnet werden? Würden sie in wenigen Sekunden einen der beiden Bankräuber sehen? Und er sie?

Der Sheriff hatte Stuart Elders wegen der üblen Verbrecher gewarnt. Er solle nichts gegen sie unternehmen, sondern ihn anrufen, hatte Montoya gesagt. Genau genommen galt das natürlich für jeden.

Und was tun wir?, hallte es in Chris Kopf. Wir versuchen hier 'ne supercoole Heldenshow abzuziehen. Ist das ein Fehler? Wäre es nicht vernünftiger, Mr Grey und Mr Dootcher zu wecken und ihnen zu erzählen, was hier abgeht?

Und was geht hier ab?, fragte eine andere innere Stimme dagegen. Was willst du ihnen erzählen? Noch wissen wir nicht, ob sich hinter dieser Tür tatsächlich die Bankräuber befinden.

Die schwarzen Fußschatten gingen an der Tür vorbei. Niemand kam heraus.

Chris atmete auf und entspannte sich wieder.

»Weiter«, flüsterte Peter tatendurstig. »Wenn es uns gelingt, sie zu überraschen, sind sie die Gelackmeierten. Sie wissen nicht, dass wir da sind. Das ist unser Vorteil.«

Chris näherte sich mit vorsichtigen Schritten der Tür. Sein Puls tickte ziemlich schnell.

Sobald er die Tür erreicht hatte, blieb er stehen.

»Mach sie auf!«, verlangte Peter.

»Wenn ich das tue, gibt es wahrscheinlich kein Zurück mehr«, sagte Chris.

»Ich hab nicht vor zu kneifen. Wir ziehen das jetzt durch, klar?«

»Bist 'n mutiges Kerlchen.«

Peter lachte ganz leise. »Gelle.«

Chris öffnete so vorsichtig wie nur irgend möglich die Tür. Millimeter um Millimeter.

Immer mehr Licht fiel durch den langsam größer werdenden Spalt.

Und Chris konnte immer besser in das Versteck der Bankräuber hineinsehen.

In der Mitte standen ein schäbiger Tisch und zwei Stühle, an der Wand zwei leere Feldbetten und daneben ein Schrank ohne Türen.

Und auf einem der beiden Stühle saß ein Maskierter, die Beine weit von sich gestreckt.

Chris sog die Luft scharf ein, als er ihn bemerkte.

»Was siehst du?«, fragte Peter neugierig.

Chris sagte es ihm.

»Wo ist der andere?«, wollte Peter wissen.

»Nicht in meinem Blickfeld.«

Peter drängte Chris zur Seite. »Lass mich auch mal ein Auge riskieren.«

Chris machte Platz für ihn.

Im selben Moment tauchte der zweite Maskierte auf und setzte sich ebenfalls an den Tisch.

»Ich fühle mich seit dem Besuch des Sheriffs hier unten nicht mehr sicher«, brummte sein Komplize. »Montoya wird wiederkommen und den Heimleiter mit weiteren Fragen löchern.«

»Soll er doch.«

»Elders könnte umfallen.«

»Das wagt er nicht. Er weiß, was auf dem Spiel steht.«

Chris ging ganz langsam in die Hocke. An Peter vorbei und von den Maskenmännern unbemerkt kroch er auf allen vieren in den Raum und nahm Sekunden später eine Bewegung wahr.

Sein Kopf ruckte nach rechts – und dann sah er sie.

Winona Elders!

Gefesselt und geknebelt, wie er befürchtet hatte. Mit zerzaustem Haar. Ängstlich und verstört.

Chris' Herz krampfte sich bei ihrem Anblick schmerzhaft zusammen. Mitleid überflutete ihn.

Die brutalen Maskenmänner hatten das zauberhafte Girl hinter einem Stapel Kartons an ein Wasserrohr gefesselt, und damit sie nicht mehr um Hilfe rufen konnte, hatten sie ihr einen Stofffetzen in den Mund gestopft.

Mann, das waren wirklich zwei ganz ätzende Typen!

Der Kartonstapel teilte den Raum etwas auf. Offenbar hatten die Maskenmänner Winona dahinter an das Rohr gefesselt, damit das Girl sie nicht die ganze Zeit über beobachten konnte.

Chris hoffte, dass ihm das zugute kam, denn wenn er es bis zu Winona schaffte, würden die Kerle ihn vielleicht nicht bemerken.

Winonas Augen weiteten sich, als sie ihn erblickte. Sie starrte ihn fassungslos an, als könne sie nicht glauben, dass sie ihn tatsächlich sah.

Er bedeutete ihr fast beschwörend, sich absolut ruhig zu verhalten.

Sie nickte kaum merklich und ihre Augen füllten sich mit Tränen. Vielleicht vor Freude. Vielleicht vor Erleichterung. Wie oft mochte sie seit ihrem Verschwinden schon geweint haben?

Chris packte die Wut. Wie konnten diese gefühllosen Verbrecher seinem Mädchen das nur antun?

Es fiel ihm nicht leicht, sich zu beherrschen und einen kühlen Kopf zu bewahren.

Er zog sich zurück und besprach mit Peter die Situation.

»Okay«, flüsterte dieser gleich danach. »Wir befreien zuerst Winona und nehmen uns anschließend die Maskenmänner vor.«

EIN ERBARMUNGSLOSER KAMPF

»Was macht dein Knöchel?«, fragte Toby Prado.

»Wird allmählich wieder«, antwortete Ralph Thornton. »Zum Glück ist er nicht gebrochen.«

Und draußen vor der Tür sagte Chris Hatcher gleichzeitig zu Peter Carson: »*Ich* befreie Winona. Du wartest hier.«

»Wie willst du das schaffen?«

»Ich kriech zu Winona hinter die Kartons. Dann sehen mich die Typen nicht.«

Peter zuckte mit den Achseln. »Wenn du meinst, dass du das allein bringst, soll's mir recht sein.«

Chris legte ihm die Hand fest auf die Schulter. »Du gibst mir Rückendeckung. Ich verlasse mich auf dich.«

Peter nickte. »Geht klar.«

Ralph Thornton brummte gerade: »Hör mal, müssen wir andauernd diese Mist-Masken tragen?«

»Willst du Blödmann, dass das Mädchen dein Gesicht sieht?«, gab Toby Prado aggressiv zurück.

»Nenn mich nicht Blödmann!«, maulte Ralph Thornton gereizt. »Warum ziehen wir ihr nicht einfach einen Sack übern Kopf? Dann sieht sie nichts und wir können die Masken abnehmen.«

»Wir haben keinen Sack.«

Ralph Thornton wechselte das Thema. »Ich habe Durst.«

»Es ist nichts mehr zu trinken da.«

»Dann müssen wir uns eben wieder was besorgen.«

»Später. Wenn Mitternacht vorbei ist.«

Chris trennte sich von Peter. Er legte sich ganz flach auf den Boden, robbte auf dem Bauch hinter den Kartonstapel zu Winona und löste mit vor Aufregung zitternden Fingern ihre Fußfesseln.

Die Handfesseln waren besonders hart verknotet. Chris arbeitete fieberhaft, um sie zu lösen, doch es wollte ihm nicht gelingen.

Er wurde immer ungeduldiger, ärgerlicher und nervöser. Seine Erfolglosigkeit machte ihn voll verrückt.

»Sieh nach dem Mädchen«, verlangte Toby Prado von Ralph Thornton.

Chris blieb fast das Herz stehen.

»Wozu?«, fragte Ralph Thornton unwillig.

»Weil ich es sage«, knurrte Toby Prado.

»Du hast mir gar nichts zu sagen«, konterte Ralph Thornton aufsässig. Allmählich reichte es ihm, immer tun zu müssen, was Toby gerade in den Sinn kam. »Wir sind gleichberechtigte Partner.«

»Seit wann?«, fragte Toby höhnisch.

»Seit jetzt. Ich habe einen verletzten Knöchel, und den muss ihn schonen. Also wirst *du* nach der Kleinen sehen.«

Chris hörte, wie einer der Verbrecher aufstand. Panik drohte ihn zu befallen.

Er zerrte wild an den steinharten Knoten. Schweiß glänzte auf seiner Stirn, als hätte er Fieber.

Er nahm die Zähne zu Hilfe. Wenn er die Handfesseln nicht gleich aufbekam, würde die Situation extrem brenzlig werden. Für ihn. Für Winona. Und wahrscheinlich auch für Peter.

»Wieso ist die Tür offen?«, fragte der Mann, der sich soeben erhoben hatte.

»Keine Ahnung. Vielleicht schließt sie schlecht.«

Chris zog die Beine ein. Im Moment war er noch vom Kartonstapel verdeckt. Doch wenn der Räuber zur Tür ging, um sie zuzumachen, würde er ihn sehen.

Endlich gab der erste Knoten nach. Und gleich auch der nächste. Das gab Chris mächtig Auftrieb.

Der Mann ging zur Tür.

Chris öffnete Knoten Nummer drei. Dann band er Winona vom Rohr los und befreite sie auch noch vom Knebel. Das war alles, was er in dieser kurzen Zeitspanne tun konnte.

»Was, zum Henker ...?«, stieß der Verbrecher an der Tür plötzlich wütend hervor – und Chris wusste, dass er entdeckt war.

Chris sprang atemlos auf und riss Winona unsanft hoch.

Im selben Augenblick flog Peter wie von einer Kanone abgefeuert in den Kellerraum und rammte dem total überraschten Verbrecher vor der Tür beide Hände vor die Brust.

Es handelte sich bei dem Maskenmann um Toby Prado und die Wucht des Aufpralls schleuderte ihn nach hinten, weg von der

Tür. So hatte es Peter gewollt, damit für Winona der Fluchtweg frei war.

Toby taumelte nach hinten, fiel hin, setzte sich hart auf den Hosenboden und fluchte laut. Und sein Komplize fluchte ebenfalls, während er verdattert hochschnellte.

Chris gab Winona einen leichten Stoß, sodass sie Richtung Tür stolperte.

»Lauf, Winona! Bring dich in Sicherheit! Weck deinen Dad! Schlagt Alarm! Ruft die Polizei!«

»Aber ...«

Während Winona noch zögerte, kam Toby Prado, der Anführer des Maskenduos, blitzschnell auf die Füße, die Hände zu Fäusten geballt, und wollte sich auf Peter stürzten.

Doch der sprang ihn todesmutig an. Hätte er den Gangster nämlich erst herankommen lassen, wäre die Tür nicht frei gewesen für Winonas Flucht.

»Tu, was ich sage!«, schrie Chris dem Girl drängend zu. »Lauf! Kümmere dich nicht um uns!«

Peter Carson und Toby Prado landeten schmerzhaft hart auf dem Boden und begannen sogleich, wild miteinander zu kämpfen.

Winona setzte sich endlich in Bewegung, lief auf die offene Tür zu, an den beiden am Boden Ringenden vorbei und hinaus auf den Kellergang.

Peter und Toby Prado rollten mal hier hin, mal dort hin, mal war Peter oben, mal der Maskenmann.

ACTION ZONE

Ralph Thornton humpelte indes zu seinem Feldbett. Er fegte gehetzt das Kopfkissen beiseite und ...

Mit schreckgeweiteten Augen sah Chris, wie der Maskenmann nach den beiden Schießeisen griff, die unter dem Kopfkissen gelegen hatten. Ehe Thornton sie in die Hände bekam, stürzte sich Chris auf ihn und riss ihn heftig zurück.

Ralph Thornton fluchte erneut.

Chris drehte sich mit ihm und schleuderte ihn mit ganzer Kraft gegen die Wand.

Ralph Thornton schüttelte schwer benommen den Kopf.

Chris dachte schon, ihn außer Gefecht gesetzt zu haben, deshalb war er zu unvorsichtig.

Plötzlich warf sich der Maskenmann dem Jungen entgegen und drosch ihm die Faust ins Gesicht.

Doch Chris konnte gerade noch etwas zurückweichen, außerdem knickte der Gangster auf seinem lädierten Knöchel ein, und das nahm dem Treffer einen Großteil seiner Wucht.

Dennoch stolperte Chris zwei Schritte zurück.

Das genügte Maskenmann Ralph, sich erneut auf das Feldbett und die Kanonen zu werfen.

Und ehe Chris ihn diesmal erreichte, gelang es ihm, sich einen der Revolver zu krallen.

Er wirbelte herum, den Ballermann in der Hand, schlug auf Chris an, der nur wenige Schritte vor ihm stand ...

Aus dieser Distanz konnte selbst ein Trottel wie Ralph Thornton nicht mehr danebenschießen.

Auf einmal kannte er auch keine Skrupel mehr. Er sah nur noch rot, es ging voll mit ihm durch.

Sein Finger am Abzug krümmte sich ...

Dann krachte der Schuss!

Es knallte so laut in dem niedrigen Kellerraum, als wäre eine Handgranate explodiert oder eine Bombe eingeschlagen.

Doch einen Herzschlag, bevor Ralph Thornton hatte abdrücken können, hatte Chris gehandelt.

Sein Bein war hochgeschnellt und seine Fußspitze hatte den Lauf des Revolvers getroffen, ihn emporgeschleudert – und erst dann hatte Thornton abgedrückt.

Die Kugel verfehlte Chris, prallte gegen die Betondecke, jaulte als mörderisch gefährlicher Querschläger durch den Raum und blieb dann in einer der Wände stecken.

Chris warf sich erneut auf den Maskenmann, bevor der den zweiten Schuss abfeuern konnte.

Er bekam den rechten Unterarm des Gangsters zu packen und eine Weile lang rangen beide verbissen um die Waffe.

Erneut krachte ein Schuss, der hatte sich während des Gerangels gelöst, und Chris drohten die Trommelfelle zu platzen.

Die Querschläger waren verdammt gefährlich. Sie konnten jeden treffen und übel verletzten. Er musste dem hier ein Ende setzen.

Er packte Thorntons Hand und bog sie mit einem Judotrick so weit nach innen, dass der Gangster aufschrie und sich seine Finger ganz automatisch spreizten.

Das Schießeisen polterte zu Boden. Chris stieß es mit der Schuhspitze unter den Schrank, wo es zunächst für niemanden zu erreichen war.

Thornton wollte nach Chris greifen, doch der schlug dessen Arme zur Seite, packte den Gangster am Kragen und stellte seinen linken Fuß direkt zwischen die Beine des Maskenmannes, um ihn auszuhebeln.

Schwungvoll warf er ihn gegen den Kartonstapel, der daraufhin gefährlich ins Wanken geriet.

Ralph Thornton versuchte sich aus dem Griff des Jungen zu befreien, aber es gelang ihm nicht. Noch einmal schleuderte Chris ihn gegen die Kartons, ließ den Verbrecher diesmal los, und unter dessen Gewicht stürzte der Stapel um und die Kartons krachten gemeinsam mit Ralph Thornton zu Boden.

Es krachte und dröhnte, die Kartons rissen auf und Gemüse- und Eintopfdosen rollten über den Boden.

Und mittendrin lag Ralph Thornton, der es nicht schaffte, sich zu erheben.

Chris war außer sich vor Zorn, denn noch immer sah er vor seinem inneren Auge die gefesselte, geknebelte und völlig verängstigte Winona.

Er bückte sich, packte Thornton, riss den Kerl hoch und demaskierte ihn blitzschnell. Dann warf er die schwarze Maske auf den Boden und setzte im gleichen Moment einen Schulterwurf an, einen sogenannten Seoi-Nage.

Er ging dabei leicht in die Hocke, schraubte sich geschmeidig in den Gegner, hebelte ihn gekonnt aus und beförderte Thornton mit gekonnter Judotechnik auf den Boden.

Thornton schrie schmerzlich auf und blieb völlig erledigt liegen.

Peter führte in der Zwischenzeit mit seinem eigenen Gegner ein Tänzchen auf. Er zerrte ihm ebenfalls die Maske vom Kopf und warf sie hinter sich.

Toby Prados große Hakennase, die wie ein gefährlicher Geierschnabel aussah, kam furchterregend zum Vorschein.

Peter Carson und der Verbrecher kamen ächzend und keuchend auf die Beine, sich gegenseitig ziehend und heftig aneinander zerrend.

Peter wehrte die unkontrollierten und blindwütigen Schläge des Bankräubers überlegen und extrem cool ab, kam superclever aus der Defensive und ging zum Angriff über.

Er packte den Gangster und schleuderte ihn über sein ausgestrecktes Bein, sodass Prado hart zu Boden schlug.

Der Aufprall trieb dem Gangster die Luft aus den Lungen und er bekam kaum noch Atem.

Doch er riss sich zusammen, sprang auf, drosch mit den Fäusten nach Peter.

Erneut wehrte er die Fäuste ab oder wich den Schlägen leichtfüßig aus. Dann ließ er Toby ins Leere laufen. Der Gangster stolperte, von der Wucht seines eigenen Hiebs getragen, an Peter vorbei.

Der stellte ihm ein Bein und Toby legte sich der Länge nach hin. In diesem Moment fiel der Kartonstapel mit Ralph Thornton um. Es krachte, Peter musste einem Karton ausweichen, der ihn fast erwischt hätte, und er verlor kurz die Übersicht.

Als Nächstes sah er seinen Gegner wieder, den demaskierten Maskenmann, der mit dem Kopf voran auf ihn zuraste, um dem Jungen den Schädel in den Bauch zu rammen.

Peter ließ sich nach hinten fallen, packte Toby gleichzeitig an den Schultern, rollte sich auf dem Rücken ab, einen Fuß gegen Tobys Leib gestemmt, und schleuderte den Gangster über sich hinweg.

Toby machte kopfüber die Fliege, segelte durch den Kellerraum und schlug hart auf.

Peter war als Erster wieder auf den Beinen, war blitzschnell bei dem Gangster, der sich wütend und schreiend aufrappelte, krallte seine Finger in die Klamotten des total tobenden und voll ausgerasteten Gegners und setzte ihn mit einem exzellenten Kopfüberwurf außer Gefecht.

Tomoe-Nage nannte man diesen Wurf, und Harry Wish, Peters Judotrainer, wäre voll stolz gewesen, hätte er ihn gesehen.

Danach war Toby Prado zu keiner Gegenwehr mehr fähig. Groggy und völlig am Ende lag er mit weit ausgestreckten Gliedern da.

Mit schweißglänzendem Gesicht sah sich Peter nach seinem Kumpel Chris um. Der stand vor dem anderen Gangster, der wie ein Häufchen Elend vor den Füßen des Jungen lag.

»Das war voll die krasse Show, was?«, sagte Peter schwer atmend und stolz grinsend, während er auf Chris zuging. Er hob die Hand und sagte: »Gib mir fünf, Alter!«

Chris schlug grinsend ein. »Das war echt der Hammer.«

»Wir sind die Größten«, jubelte Peter.

»O ja, das sind wir«, gab Chris ihm recht.

Was sie beide lange Zeit nicht für möglich gehalten hatten, war in dieser unvergesslichen Nacht passiert: Sie waren total und superstark zusammengewachsen, und in diesem echt krassen Augenblick waren sie für immer unzertrennliche Freunde geworden.

KEIN ABSCHIED FÜR IMMER

Die überwältigten Bankräuber und die sichergestellte Beute wurden der Polizei übergeben. Und Chris Hatcher und Peter Carson wurden total enthusiastisch als Helden gefeiert – zuerst im Heim und dann in Cedar Hill.

Das tat ihnen unbeschreiblich gut und sie fanden es supercool. Presse, Radio und Fernsehen brachten sensationelle Berichte über die beiden und ausführliche Interviews mit ihnen. Sie wurden vom Bürgermeister geehrt. Und eine megafette Belohnung gab es für die vorbildlich mutigen Jungs obendrein.

Der Tag der Abreise kam für Winona und Chris viel zu schnell. Als der Autobus eintraf, gab Winona ihrem Helden einen heimlichen Wink.

Er folgte ihr, und da, wo niemand sie sehen konnte, schlang Winona ihre Arme um Chris' Nacken und gab ihm einen langen, innigen Kuss, der ihn total schwindelig machte.

»Gute Fahrt«, flüsterte sie zärtlich. In ihren Augen glänzten Tränen.

»Ich wäre gern noch geblieben«, gestand er.

»Rufst du mich an, sobald du zu Hause bist?«

»Auf jeden Fall.«

»Wir werden uns bald wiedersehen«, sagte Winona. »Ich werde demnächst für Tante Stella arbeiten. Ich habe heute noch mal mit ihr telefoniert. Sie freut sich schon auf mich.«

Er drückte sie fest an sich. »Und ich freue mich auf dich. Ich kann dir gar nicht sagen, wie sehr.«

Plötzlich tauchte Peter neben ihnen auf. »Alle sitzen schon im Bus, Alter.«

»Ich komme.«

Peter zog sich mit einem breiten Grinsen zurück.

»Ciao, Winona!«, rief er noch schnell, dann war er weg.

Wenig später stieg auch Chris in den Autobus und setzte sich auf den Platz, den Peter neben sich für ihn frei gehalten hatte.

Der Bus fuhr los.

Chris winkte Winona, die jetzt am Tor der Jugendherberge neben ihrem Dad stand. Aber es war kein Abschied, und das fand Chris voll cool ...